KB089833

조금 더 느리게 가는 길

조금 더 느리게 가는 길

김정한 지음

레몬북스
lemon books

'헌신 한 조각'을 내려놓으며…

돌아보니 생이란 길과 산처럼, 밝음과 어둠으로 에워싸여 있었다. 아침에 나가고 저녁에 돌아오고 욕망으로 나가고 본성으로 돌아온 시간이 반평생이 넘었다. 인위적인 정서의 업, 자연스런 다운으로, 젖고 말리기를 수천 번 하고 나니, 반평생이 흘렀다.

십수 년을 적요한 새벽에 깨어, 봉지커피 하나 타서, 딱딱한 바게트를 찍어 먹으며 날 저문 줄 모르고 글을 썼다. 노트에 쓰기 시작해서, 배불뚝이 모니터 앞에서, 노트북 앞에서 자판을 두드리다가, 손바닥만 한 스마트폰으로 젖고 말리기를 반복했다. 지독한 '헌신'으로… 그 한 조각을 이렇게 길 위에 내려놓는다.

남은 생애는 더 단순하게, 더 쓸쓸하게 가련다. 후회는 얇게, 만족은 두껍게. 그래서 내 소망에 경배를 하련다. 이 글을 마칠 때면 나는 또 흔들릴 것이다. 아마 더 오래 그럴 것이다. '헌신'을 다해 그럴 것이다. 문장으로 길을 내어, 한 번쯤 바다로 난 먼 길을 걸을 것이다. 더 많은 외로운 것을 품을 것이다. 내 품이 좁다면 그리움으로 품을 것이다. 그리움은 힘이 세니까.

찰랑이는 햇살이 눈부신 이 아침, 테이블 위, 화분에 눌러앉은 '피라칸타'의 붉음이 곱다. 숨어 있는 내 안의 단심(丹心)처럼. 그대가 이 글을 읽을 때 편안함과 맑음으로 다가가길, 흐르고 머물면서, 위안의 풍경이 되길.

김정한

part2 세상의 무게를 견디다

part3 그저 그런 하루

part4 나를 살게 하는 것들

part 1

폴폴폴, 날아서 섬으로 간다

폴폴폴, 날아서 섬으로 간다

당신의 손에 언제나
할 일이 있기를.
당신의 지갑에는 언제나
한두 개의 동전이 남아 있기를.
당신 발 앞에 언제나
길이 나타나기를.
바람은 언제나 당신의 등 뒤에서 불고,
당신의 얼굴에는 해가 비치기를.
이따금 당신의 길에 비가 내리더라도
곧 무지개가 뜨기를.
불행에서는 가난하고
축복에서는 부자가 되기를.

적을 만드는 데는 느리고

친구를 만드는 데는 빠르기를.

이웃은 당신을 존중하고

불행은 당신을 아는 체도 하지 않기를.

당신이 죽은 것을 악마가 알기 30분 전에

이미 천국에 가 있기를.

앞으로 겪을 가장 슬픈 날이

지금까지 가장 행복한 날보다 더 나은 날이기를.

그리고 신이 늘 당신 곁에 있기를.

- 켈트족 기도문

폴폴폴, 날아서 섬으로 간다

바다가 둘러싼 소박한 풍경의 작은 섬,
새하얀 소금꽃이 피는 섬마을,
증도에 드디어 도착했다.

곳곳에 빨갛게 핀 해당화, 닭벼슬처럼 생긴 맨드라미 꽃이
가장 먼저 반겨주었다. 그리스 철학자 아리스토텔레스가 말하
기를 '인간은 행복하기 위해 산다'고 했다. 그토록 그리던 섬에
발 닿는 순간 사방에서 행복이 몽글몽글 피어올랐다. 코끝에
닿는 바다의 비릿한 짠내가 너무 좋아 혼절할 것만 같다.

드디어 염전, 눈이 내린 줄 알았다. 바닷물을 끌어들여 소금을 만드는 염전이 군데군데 꽃으로 피어난다. 바둑판 같은 염전 사이로 난 길마다 흰 눈이 내린 것 같다. 햇볕과 바람, 염부의 땀을 먹고 자란 소금이 사방 천지에 있다.

바다는 4월부터 10월까지 125일 동안 소금 생산을 허락한다. 염부는 매일 새벽부터 밤 늦게까지 바닷물이 고인 고무바닥을 몇 번이고 돌면서 대파질을 한다. 아무것도 없던 곳에서 드디어 새하얀 알갱이들이 하나둘 꽃망울을 터트린다. 시커먼 고무 장판 위에 하얀 것들이 금세 꽃무리를 이룬다. 외발수레에 소금을 담아 소금창고로 향하는 염부의 얼굴에 석양이 비친다. 바다보다 더 짜고 더 많은 땀방울을 먹고서야 바다는 하얀 꽃을 허락한다. 피부에 닿는 바람이 끈적거린다. 땀이 마르고 팔뚝에 묻은 바닷물 알갱이도 하얗게 말라 붙어 서걱거린다. 허연 소금기가 드러난다.

수분을 다 내주고도 메마르지 않는 게 소금이다. 차가워 보여도 속은 뜨겁다. 자연을 거스르지 않고 오직 땀의 노력만으로 소금을 만드는 칠순 염부의 얼굴이 노을에 젖는다. 염전은 짠내 풍기는 삶의 현장인 동시에, 자연의 멋이 흐르는 장소다. 느릿하고도 평온한 노을 풍경, 하나하나 보석 같은 소금 결정, 대파질하는 염부의 분주한 몸동작 전부가 그림이었다.

하얀 소금꽃이 투명하게 빛날수록 소금 농사를 짓는 염부는 얼마나 많은 들숨 날숨을 내쉬었을까. 또 얼마나 많은 한숨을 토해냈을까. 바다가 내어주는 만큼만 거두며 살아온 세월, 염부는 욕심내지 않는 소박한 삶을 바다에서 배웠다. 염부의 소금창고를 가득 채우는 건 소금뿐 아니라 물먹은 소금을 대파질하며 쌓아올린 묵직한 삶의 무게였으리라.

마을로 들어가는 길은 바다를 끼고 도는 산허리에 있다. 길은 좁고 비탈이 심해 차가 다니지 못한다. 눈앞에 절벽도 보인다. 끊어질 듯 이어진 산길을 느린 걸음으로 오르다 보면 팍팍했던 마음도 누그러드는 것 같다. 한 번쯤 길을 잃는다면 이런 곳이 어떨까. 섬마을의 흙길을 밟다가 어디든 들어가면 시원한 물 한잔을 내주며 반겨줄 것 같은 이곳. 이런저런 생각을 하

며 좀 더 깊숙이 마을 안으로 들어가자 그제야 컹컹 개가 짖는
다. 사람들이 육지로 다 떠나고 몇 가구 남지 않은 이곳을 지키
는 노부부의 집이 보인다.

노부부는 집 주변에 텃밭을 가꾸며 살고 있다. 봄이면 들판
에서 나물을 캐다 파는데, 불과 십수 년 전만 해도 수도시설조
차 되지 않아 공동우물에서 물을 길어다 썼다고 한다. 먹고사
는 게 여러모로 힘들었지만 소와 돼지를 기르고, 농사를 지으
며 시끌벅적하게 매일을 살아냈다. 벽에 모자이크처럼 걸려
있는 액자 속에는 그간의 세월이 담겨 있다. 자식들 결혼식 사
진도 있고, 환하게 웃는 손주들 사진도 있다. 가장 눈에 띄는
건 한복을 곱게 차려입은 새색시와 새신랑, 둘의 사진이다. 세
상에서 가장 행복한 듯 웃고 있는 모습이다.

물 한잔 얻어 마시며 사진을 보고 있는 사이, 할머니가 슬
쩍 자리를 비우시더니 사과 두 알, 찐 감자, 식혜를 내오셨다.
폐를 끼치는 것 같아 마다하고 가려는데 여행자의 손을 할아
버지가 자꾸 붙드셨다. 손바닥에 닿는 할아버지의 손등이 까

끌거렸다. 나는 결국 사과 한 알을 우적우적 씹어 먹으며 사진을 찍어드리겠다고 했다.

"다 늙은 사람 찍어서 뭣에 써."

말씀은 그렇게 하시지만 한쪽으로 쏠린 백발을 손으로 빗어 넘기시곤 카메라 앞에 서는 할아버지셨다.

반나절이나 머물고 나오는 길에 서울에서 사 갖고 온 초콜릿 한 봉지를 드리자 할아버지는 허허 웃으셨다.

"서울 초콜릿이여? 고마우이."

발걸음을 옮기며 뒤돌아보니 할아버지는 여전히 그 자리에 서 계셨다. 할아버지의 주름진 얼굴에 먼 그리움이 번졌다. 꼭 다시 오겠다고 했더니 이곳에 사노라면 또 만나지 않겠느냐고 하셨다. 할아버지에게 기다림은 지혜가 되었을까. 낯선 여행자에게 잘 가시게나, 손 흔들어주시는 할아버지의 굽은 등 뒤로 8월의 석양이 지고 있었다.

나는 잠시 넓고 깊은 바다, 그 품에 안겨 고요한 시선으로 내 욕망의 깊은 곳을 들여다보았다. 시간의 압박에 굴복해 서둘러 마무리하려 하지 않았나. 마음은 여전히 해야 할 일들로 출렁이는데, 마음에 두고도 닿지 못한 채 언저리만 서성이는데, 보랏빛 해당화가 흔들거리며 말한다.

'깊숙이 물드시게.'

사노라면,

누구에게나 한 번쯤 인생의 봄이 있었다.

푸르고 울창했던 숲이 있었다.

끝 모르고 차오르는 욕망의 가지를 치고

한껏 부푼 집착을 비워내며

자신만의 숲을 가꾸어간다.

그러나 차오르는 욕망,

한껏 부푼 집착을 끊어내기란 쉽지 않다.

맑안 영혼이 쉴 자리를 찾기란 쉽지 않다.

맨드라미로 붉은 띠 두른,

삶이 뜨겁게 꿈틀대는 증도에서

느림의 미학을 배운다.

서둘지마라, 인생아!

뒷모습 〜〜〜〜〜〜〜〜〜〜〜

그러니까 지난해 가을이었다.
수동 카메라에 흑백 필름을 장전하고
지리산으로 향했다.

하동마을에서 전주비빔밥을 먹고 장터를 구경하기로 했다.
주말이라 여행자들도 많았다. 붐비는 와중에 내 발길이 멈춘
곳은 산나물을 파는 할머니들 앞이었다. 어떤 할머니는 팔순
이 넘은 나이에도 불구하고 십 리가 넘는 장터를 걸어서 다닌
다고 하셨다. 자그마한 체구에 깊게 파인 주름에도 너무 고운
미소를 지닌 분이었다. 나물 파는 풍경을 사진에 담아도 되겠
냐고 물으니 흔쾌히 응해주셨다.

장터 풍경을 카메라에 담는 동안 수십 명의 여행자가 나물을 사 갔다. 혹여나 문제가 될까봐 멀찍이서 흐릿하게, 검은 봉지에 나물을 담아 파는 모습만 주로 찍었다.

그러다 할머니 한 분이 눈에 들어왔다. 전국을 여행하며 장사하는 할머니들을 많이 봤지만 이분은 특이했다. 더덕, 취나물, 고사리, 도라지 등 할머니가 지리산 자락에서 직접 채취하신 산나물들이 색색깔의 보자기 위에 늘어서 있었다. 한쪽에는 상품가치가 떨어지는 못생긴 고구마도 있었는데, 덤을 달라는 손님에게 고구마나 햇사과를 챙겨주셨다. 장사하러 나온 할머니란 생각이 들지 않을 만큼 인심이 후했다.

곁에 앉아 할머니와 이런저런 얘기를 나눴다. 할아버지가 돌아가시고 혼자가 된 할머니는 적적한 마음에 동네 아주머니들을 따라 나물 캐러도 가고, 밭일도 하고, 소일거리를 할 겸 시장에 나오신다고 했다. 한창 아주머니들과 온천에 갔던 얘기를 듣던 중에 문득 할머니의 자제분들이 궁금했지만 먼저 얘기를 꺼내지 않으시길래 물어보지 않았다.

이곳저곳을 스케치하다 파장 무렵, 다시 할머니를 찾았을 때 나물은 모두 팔리고 고구마와 사과만 조금 남아 있었다. 나는 삶은 고구마 두 개와 사과 두 알을 봉지에 담았다. 가격을 묻지 않고 만 원을 드리자 할머니는 손을 내저으시며 그냥 가져가라고 하셨다.

찐 고구마 맛은 어렸을 적에 먹은 그 맛과 비슷했다. 달착지근하면서도 촉촉했다. 그냥 받아먹기엔 마음이 편치 않아 집에 가서 드시라고 장터에서 파는 고기만두를 할머니께 사드렸다. 연신 고맙다는 인사를 하시던 할머니. 그 뒷모습을 영상에 담으며 왠지 마음이 짠했다. 새우등처럼 구부러진 할머니의 몸이 점점 멀어져가는 모습이 한동안 눈에 남았다. 차라리 나물이라도 팔러 나오면 사람 구경이라도 할 터인데, 집에 들어가면 혼자 밥을 먹어야 하고, TV나 보면서 밤을 보낸다는 말이 귀에 맴돌았다.

며칠 전에 본 영화 '어웨이 프롬 허(Away From Her)' 속 주인공 그랜트의 뒷모습과 할머니의 뒷모습이 겹쳐 보였다. 아내는 치매환자, 그런 아내를 요양원에 두고 복도를 터벅터벅 걸어 나오는 남자의 뒷모습은 쓸쓸했다. 복도에서 머뭇거리던 십여 초의 흐름, 그의 뒷모습에는 아내의 아픔과 아내를 향한 중후한 애정 모두가 묻어 있었다. 그때 영화 주제곡 '어제인 것만 같은데(Only Yesterday)'가 흘러나왔다. 그냥 먹먹했다.

나태주 시인의 시 '뒷모습'의 한 구절이 와닿는다.

"뒷모습이 어여쁜 사람이 참으로 아름다운 사람."

그렇다. 뒷모습은 또 하나의 표정이다. 거짓말을 할 줄 모른다. 앞모습처럼 억지로 웃음 짓는 일도 없다. 할머니나 치매를 앓는 아내를 돌보는 영화 속 주인공이나 늙어가는 것은 아름답다. 특히 일하는 노년의 뒷모습은 더욱 아름답다. 그래서 코끝이 찡하도록 뭉클하다. 치장할 수 없는 뒷모습이라 더욱 숭고하다.

켈트족 신화에는 이런 이야기가 있다.

일에 지쳐버린 자신에게 쉴 수 있는 시간을 주지 않았다.

자신에게 시간을 충분히 주는 것은 꼭 필요한 일이다.

모든 일을 잠시 내려놓고 그동안 무시했던

그대 영혼을 만나라.

그러면 멀어진 그대와 다시 가까워지는 멋진 일이 일어날 것

이다.

생애 첫 템플 스테이

"선운사 고랑으로/ 선운사 동백꽃을 보러갔더니/ 동백 꽃은 아직 일러 피지 않았고/ 막걸릿집 여자의 육자배기 가락에/ 작년 것만 오히려 남았습디다/ 그것도 목이 쉬어 남았습디다."

전북 고창군 부안면 선운리가 고향인 미당 서정주가 쓴 '선 운사 동구'에 나오는 시구다. 선운사를 향하여 타박타박 걸어 가는 길에 분분히 꽃가루가 날린다. 꽃비가 한창인 날에 선운 사를 찾았다. 선운사는 선운산에 있다. 선운(禪雲)은 '구름 속의 참선'이란 뜻이다. 산이 먼저일까, 절이 먼저일까. 답은 절이 먼저다. 절이 들어서기 전 본래 산 이름은 도솔산(兜率山)이었

다가 백제 때 선운사가 지어지고 나서 절 이름을 따 선운산이 됐다.

봄에 온 탓에 모든 게 새롭다. 사진가들과 관람객들이 봄을 담느라고 분주하다. 생태숲에서 산문으로 이어지는 길에는 천막과 파라솔이 줄지어 섰다. 군밤이며, 말린 고구마, 번데기, 복분자술 등을 늘어놓고 판다.

이 길을 따라 걸으면 동백숲이 나타난다. 파릇파릇한 잔디에 붉은 동백꽃 송이가 여기저기 툭툭 떨어져 나뒹군다. 봄이 한창이지만 선운사의 꽃샘추위는 철없이 나댄다. 떨어지지 않으려는 동백꽃은 아슬아슬 줄타기하는 놀이패의 춤사위 같다. 동백꽃 필 무렵이나 동백꽃 질 무렵, 파란 새싹 위에 툭 떨어진 붉은 잎은 떠나가는 봄을 야단치는 것 같다.

선운사의 동백꽃은 늦다. 남녘의 동백은 12월에 피는데, 선운사 동백은 4월, 벚꽃이 필 때쯤 판다. '가장 먼저 피는 꽃'이 사람의 관심을 받지만 선운사의 동백꽃은 다르다. 선운사의 동백은 이른 꽃이 아니라 '늦은 꽃'이어서 주목을 받는다.

존재만으로도 행복감을 주는 건 역시 꽃이 아닐까. 어느 시인은 이렇게 썼다.

"모든 사물의 끝은 허공인데,
그 끝에 허공이 아닌 건 꽃이다."

가장 멋진 것을 말할 때, 깨달음을 얘기할 때, 완성을 의미할 때 '꽃'을 꼽는다. 그러니까 꽃은 상징이고, 화려한 색감이 펼쳐진 꽃밭은 미감이며, 그 꽃이 피었던 날을 기억하는 건 추억이다. 꽃은 여행을 이끄는 강력한 요소인 동시에 그 자체가 여행의 목적이다.

선운사는 철마다 다른 아름다움을 기대하게 하는 절이다. 봄이면 처연한 핏빛 동백꽃이, 여름이면 울울창창한 푸른 숲이, 가을에는 꽃무릇과 오색 찬연한 단풍이 손짓을 해댄다. 철마다 선운사의 유혹을 뿌리치는 것은 결코 쉽지 않다. 선운사 도솔천의 봄과 가을, 봄에는 뚝뚝 떨어지는 동백꽃을 보며 눈물짓고, 가을에는 뚝뚝 떨어지는 붉은 단풍을 보며 눈물짓는다.

도솔천을 따라 계속 오르다 보면 신라 진흥왕이 수도하다 생애를 마쳤다는 '진흥굴'이 나온다. 진흥굴 안은 깊지는 않으나 꽤 널찍하다. 굴 안벽의 깊게 패인 주름이 견뎌온 세월을 말해준다.

여러 작가들이 선운사의 동백을 노래했지만, 단풍 또한 동백만큼이나 아름답다. 선운사는 사방이 산봉우리로 둘러싸여 포근하고 편안하다. 몸과 마음이 편히 쉬고 일상의 번뇌를 잠시 놓아버리게 하는 산사의 힘을 지니고 있다. 오래전에 이곳에 왔을 때 선운사의 아름다운 풍광은 눈에 들어오지 않고 울퉁불퉁한 길을 걷느라 힘들었던 기억이 있다.

이번에는 템플 스테이와 겹쳐 사람들이 꽤 많다. 저녁 공양을 마치고 오후 여섯 시 반, 기대하던 타종을 체험했다. 목어, 법고, 운판의 순서로, 목어는 수행자가 늘 눈을 뜨고 있으라는 의미이고, 법고는 정진하라는 의미다. 그리고 운판은 하늘과 땅이 모두 이어진다는 의미다. 타종은 새로운 경험이었다. 108개의 염주를 꿰는 것도 좋았다. 인간이 가지고 있는 번뇌의 개수가 108개라서 108번뇌를 생각하며 꿰는 거라고 스님은 말했다.

기대 반, 두려움 반으로 최종 목적이었던 새벽 4시의 예불을 드렸다. 졸음이 밀려올 듯 말 듯한데 스님의 목탁 소리가 마음을 평온하게 해서인지, 108배를 스님과 함께 해서인지 잘 버텨냈다. 108번의 절을 하고 나오니 온몸이 땀으로 흠뻑 젖었다.

세상의 번뇌를 씻어내듯 갑자기 비가 쏟아졌다. 사심 없이 선운사는 젖는다. 처마 끝으로 떨어지는 빗물이 어찌나 아름답던지. 아우성치는 세상이 저기라도 자연에 둘러싸여 있으니 나는 걱정이 없다. 천국이 따로 있나. 몸 머무는 데, 마음 머무는 곳이 천국이지. 다만, 두고 온 아이에게 미안하다. 늘 이곳에 오면 내 상상력은 뚱뚱하게 되어 내면 세계가 넓어졌다. 오늘도 그렇다. 비 오는 선운사의 장엄한 풍경을 보며 가벼운 발걸음으로 하산했다.

특별한 음악이 없어도 산사에서 울려 퍼지는 목탁 소리, 산수화 같은 풍광에 해탈에 이른 듯 편안했다. 해탈이 별거인가. 가만히 눈을 감고 마음을 비우면 잡생각이 바람결에 흩어진다. 마음을 비우고 나면 바삭바삭한 햇살이 한가득 채워진다. 선운사 입구에 쓰여 있는 불교 경전 '숫타니파타'에 나오는 진리의 말씀이 가슴에 꽉 차오른다.

홀로 행하고 게으르지 말며
비난과 칭찬에도 흔들리지 말라.
소리에 놀라지 않는 사자와 같이
그물에 걸리지 않는 바람과 같이
흙탕물에 더러워지지 않는 연꽃과 같이
무소의 뿔처럼 혼자서 가라.

먼 그리움이 된 것들

강원도 정선군 임계면에는
조그만 산골마을이 있다.

젊은 날 가장 아름다운 순간을 보냈던 곳,
나에게는 마음속 정원 같은 곳,
웃음을 주고 지친 일상을 쉬어가게 하는 곳.
그저 천국이다.

버거운 일상이 지속될 때마다 눈물나도록 그곳이 그립다.
홀홀 다 던져버리자, 마음을 먹고 나서면 몸보다 마음이 먼저
달려가는 곳이다. 깊게 쌓인 눈길을 헤쳐가다 보면 눈 덮인 아
담한 마을이 펼쳐진다. 굴뚝에서는 모락모락 연기가 피어오른
다. 옛사랑 떠난 길 지워지라고 눈이 내린다. 내가 걸어온 길
도, 누군가 걸어간 길도 흔적 없이 사라진다. 그래도 좋다.

발목 깊이 푹푹 빠지는 섶다리를 건너는 동안 한 장면이 떠오른다. 찰랑찰랑 검은 머리를 흔들며 거닐던 냇가, 나물 캐며 손 흔들어주는 아주머니들. 모두가 정답다. 첩첩이 안개로 둘러싸인 이곳은 여전하다. 밥 짓는 연기 하나둘 피어오르고, 빈 들판에는 스산한 바람이 불어온다. 토담집 굴뚝의 흰 연기가 오랜만에 찾아온 여행자의 발길을 붙잡는다.

죽도록 그립고 허기질 때면 달려가 쉬어가던 곳. 이번이 열 번째, 정확히 5년 만이다. 죽도록 그리운 사람을 만나러 가기라도 하듯 신발에 눈얼음이 쩍쩍 달라붙는 험한 길을 한 시간 동안 걸었다. 변함없이 늘 처음처럼 살갑게 맞이해주는 노부부의 집에 드디어 도착했다. 사랑과 이별이 공존했던 곳이라 잠시 먹먹해졌다. 할아버지는 직접 재배한 오미자로 차를 끓이시고 할머니는 김이 모락모락 나는 찐 감자 세 알을 내놓으신다. 잘 지내셨냐고 묻자,

"이곳에 살면 나무가 되는 거여."

할아버지는 여전히 철학자스러운 대답을 하신다.

할아버지는 40년 동안 이곳에 뿌리를 내리셨다. 할아버지와 함께 세월을 보낸 이 집은 언제나 편안한 쉼터다. 차를 나눠 마시던 할아버지가 갑자기 눈을 치워야 한다며 비를 들고 밖으로 나가셨다. 그렇게 오전 내내 밤새 내린 눈을 쓸었다. 행여 오가는 사람들이 넘어질까봐 모래까지 뿌려놓고서야 마음을 놓으신다. 오후에는 혼자 사는 할머니 집에 장작 패는 것을 돕겠다며 나가신 동안 할머니는 밥상을 준비하셨다. 하룻밤 숙박하기로 한 내가 할머니를 도우려는데 괜찮다고 마다하셨다. 집 안에 맛있는 냄새가 퍼질 무렵, 할머니의 목소리가 들린다.

"찌개 식기 전에 어여 와."

어릴 적 밥 먹으라고 재촉하는 어머니 같다. 보글보글 끓어오르는 구수한 된장찌개, 산에서 채취한 더덕구이는 꿀맛이었다.

다음 날 일어나니 두통도 사라지고 몸이 가볍다. 서울로 돌아가는 발길이 성큼성큼 빠르다. 허기졌던 마음을 푸근하게 채운 덕분이다. 어릴 적에 늘 맡던 시골 냄새, 장작 밑에 거침없이 타오르는 불쏘시개, 짚북데기 타들어가는 냄새, 타닥타

닥 장작 타오르는 소리, 그 익숙한 것들이 가슴 깊이 숨어 있는 그리움을 깨운다. 그 힘으로 나는 다시 살아간다. 이곳의 산골 마을에서 처음으로 불같은 사랑을 하였고, 이곳에서 그 사랑을 잃었다. 간절해질 때마다 찾아와 추억한다. 혼자 걸었던 멀고도 긴 도로, 긴 하루, 그 장면들이 생생하다. 이곳이 누구에게는 시시할지라도 나에게는 더없이 소중하다.

'그때 그 사람은 왜 나를 떠났을까. 한 번만 만나 봤으면.' 가끔은 억울하다. 하지만 시간이 지나면 그마저도 살아가는 희망이 된다. 그 소망이 이루어지기 전 그 사람, 그 시간, 그 장소는 오래도록 먼 그리움이다. 생각해보면 사람의 인연이 그렇다. 어떤 인연은 마음으로 만나고, 어떤 인연은 몸으로 만나고, 어떤 인연은 눈으로 만난다. 어떤 인연은 내 안으로 들어와 주인이 되고, 또 어떤 인연은 건널 수 없는 강을 만든다. 사는 것, 다 비슷하다. 만나고, 사랑하고, 다투고, 헤어지는 것이 인연이리라.

죽도록 애정하여도 언젠가는 이별하는 게 보통의 운명이다. 누구도 다르지 않다. 아무리 사람이 밉다 해도 그 사람, 그 장소, 그 시간은 결코 삭제되지 않는다. 잠시 잊히기는 해도 기억

은 추억과 뒤섞이며 마음속 저장고에 자리한다. 삶에 유리하
도록 변형을 거쳐 존재의 시원을 확인해주는 증명서가 된다.
열차에 오르며 바람 편에 안부를 남긴다. 한때 삶을 뜨겁게 역
류시키며 미치도록 설레게 했던 그 사람, 부디 아픈 데 없이 편
히 지내시라.

아주 오래된 박스 〰〰〰〰〰〰〰〰〰〰

이삿짐을 정리하는 데
오래된 박스가 눈에 띄었다.

안을 열어보니 아주 오래된 물건들이 가득이다. 포장도 뜯지 않은 새것도 있다. 나는 왜 이 물건들을 그대로 뒀을까? 아마도 내 취향이 아니라서 보관해둔 걸까? 돌려주기 위해 잠시 보관했던 걸까? 기억에도 없다.

그동안 이사를 여러 번 다녔으면서도 버리지 않고 뒀다. 수십 년이 지난 지금에야 열어 보니 지갑도 보이고, 한 번도 착용하지 않은 액세서리, 화장품과 향수도 여러 개 있었다. 어찌할까 고민하다가 모두 정리하기로 했다. 화장품과 향수는 유

통기한이 있어 휴지통에 버리고 지갑과 액세서리, 사기 인형
은 누군가에게는 필요할 것 같아 재활용실에 놓아두었다.

문득 물건의 주인이 떠올랐다. 그때만 해도 생각조차 하기
싫어 그가 사는 반대편으로 다녔는데 이제는 기억에도 없다.
아마도 시간이 흐르면서 그를 용서했는지도. 아니, 새로운 인
연이 나에게 헌신적으로 사랑을 베풀어 그를 잊게 했는지도
모른다. 사람에게 받은 상처는 또 다른 사람이 치유해주니까.
몇 년을 만났지만 솔직히 남아 있는 기억이 없다. 내 안에 머물
고 있는 추억이 없다. 마치 일정 기간의 기억이 삭제된 것처럼.
참 다행이다.

이렇게 나쁜 기억도 시간에 흘러보낼 수 있다는 것이 놀랍
다. 이제, 나를 힘들게 했던 그도 누군가에게는 좋은 사람이 되
었기를 바란다. 어쨌든 물건은 아깝지만 버린다. 이렇게 놓아
주고 버려야 내 마음이 편해지고 깨끗하게 매듭지어질 테니
까. 버리고 정리를 하니까 홀가분하다.

멀어져가는 것들 〰〰〰〰〰〰〰〰〰

점점 더 멀어져간다.
머물러 있는 청춘인 줄 알았는데,
비어가는 내 가슴속엔
더 아무것도 찾을 수 없네.

라디오에서 김광석의 '서른 즈음에'가 흘러나온다. 뭔가가
'훅' 하고 심장을 치고 지나간다. 자극이랄까. 몸이, 심장이 뭔
가를 잃어버리고 비어 있는 듯하다. 젊음이 빠져나간 자리, 쓸
쓸하다. 헛헛하다.

참았던 눈물이 더 이상의 저항을 포기하고 툭 터져 나와 쏟
아진다. 이 노래를 들을 때면 가끔씩 감정이 파도처럼 밀려온

다. 젊은 날의 그때가 그리워 아무도 모르게, 홀로 손뼉을 치다가 겸연쩍어서 슬며시 손을 내린다.

생각해보면 '서른 즈음에'를 좋아했던 그때, 그 서른 즈음은 얼마나 젊었는가. 멀어져간다는 것, 잊는다는 것이 뭔지도 모르는 나이에 그것들을 다 안다고 생각했으니까. 슬그머니 머리를 긁으며 그때의 내 모습에 빙그레 미소를 짓는다.

그때 그 노래를 그토록 좋아한 것을 잊기 위해, 멀어지기 위해 그만큼 애써야 했던 열정의 상처를 안은 지금, 저무는 하루를 담담히 굽어보는 나이가 된 나. 내 가슴속에 딱딱한 굳은살처럼 박힌 이것도 한때 얼굴을 묻고 울게 만들던, 간절했던 욕망의 잔해이리라.

스스로
행복해지는 방법

퇴사를 하고 아프리카에 다녀온 지인을 만났다. 언제나 바람이 되길 꿈꾸던 그였고, 그에게는 여행이 곧 일상이었다. 그는 늘 말했다. '여행=행복'이라고. 스스로 행복해지는 방법을 잘 알고 있던 그는, 이번 여행을 통해 '감사'를 발견했다고 했다. 아프리카는 얼음 구하기가 힘들어, 더운 날에 시원한 얼음을 넣은 커피 한 잔 마시기가 하늘에 별 따기라며, 아이스 아메리카노 한 모금을 들이켜는 지금이 너무 행복하다고 했다. 지하철이 제시간에 도착해서 이렇게 만날 수 있는 것도, 깨끗한 음식을 함께 먹을 수 있는 것도 감사하다고 했다. 여행지에서 있었던 일을 웃으며 얘기하는 이 순간조차도 감사하다고, 일상에 감사했다. 그를 바라보며 한편으로는 부러운 마음이 들면서도 즐거웠다.

목적이나 이유를 따지지 않으면 만남은 설렘이다.

쿨하게 즐기면 되는 거다. 즐거우면 감사하게 되고 따뜻해진다. 오늘 만남도 내가 즐거우니까 모든 게 좋아진다. 트로트도 좋아하는 사람이 부르니까 더 멋있어 보이더라. 함께 따라 부르게 되더라. 오늘 만난 그에게서 이와 같은 즐거움의 기운을 받아서였을까? 날아갈 듯 기분이 좋았다. 사실 나는 기분이 좋아도, 기분이 나빠도 쉽게 드러내지 않는데, 그의 여행 이야기를 듣는 동안 무장해제가 된 것처럼 내내 깔깔거렸다. 사람은 변하지 않는다고 하지만 어떤 작은 계기로 변하기도 하나보다.

어떻게 살아야 즐거운 걸까? 내가 무엇을 좋아하고, 싫어하는지, 그 이유는 무엇인지를 곰곰 짚어보았다. 무언가 보이기 시작하니까 그 방향으로 몸이 움직였다. 다시 말해 즐거움의 암호, 비밀번호를 알아내니까 자신감이 생기고 행동도 자연스러워졌다. 바꾸는 과정에서 당장 불편해지고 잃어야 하는 것도 있다. 그러나 하나를 잃으면 분명 다른 하나를 얻게 된다.

그를 만난 이후 나는 많이 달라졌다. 소심하고 수줍어하던 내가 아니다. 커피 한 잔을 얻어 마셔도 고맙다고 말한다. 밥 먹자고 하면 없는 약속을 만들어내며 피했는데 이제는 식사 초대를 받으면 흔쾌히 응한다. 물론 습관이 되도록 길들여지는 데 분명 시간이 걸릴 일이다. 계속 노력해야 한다. 기쁨을 주는 새로운 발견은 분명 설레는 일이다. 마음이 맞는 친구를 만나 웃으니까 고민도, 걱정도 가벼워졌다. 하늘도 푸르다. 나는 혼자 중얼거린다.

"이 정도면 살 만한 거야. 이런 게 행복이야."

생각을 조금 바꾸고 나니 바라보는 세상이 아름답다. 내일은 또 어떤 날이 펼쳐질까. 그래, 내일은 안부가 궁금했던 지인에게 내가 먼저 전화를 해봐야지.

마음 충전

화순 편백숲으로 들어왔다.
휴게소에서 우동 한 그릇을 먹고
정신없이 얘기하다가 양떼 목장으로
빠지는 길을 놓쳐버렸다.

나이가 들어선지 자주 있는 일이다.
이렇게 목적지를 정해놓고도 길을 잃어
다른 곳에서 마음을 내려놓을 때,
우연히 기분 좋은 발견을 한다.
오늘이 그런 날이다.

화순 편백숲은 전라남도 화순군 이서면 안심리에 있다. 이곳의 편백숲은 면적이 30만㎡ 가까이 된다. 들어서자마자 시선을 끈 건 하늘을 향해 쭉쭉 뻗어 있는 편백과 삼나무였다. 숲은 웅혼하다. 숲 사이사이로 오솔길이 나 있다. 미려하게 구부러진 흙길도 예스럽고 호젓하다. 길섶에 핀 하얀 개망초의 자태도 신기하다. 눈 닿는 모든 것이 예쁘다.

숲은 양탄자를 밟는 듯 푹신푹신했다. 걷다가 포슬포슬한 흙을 손바닥에 담아 냄새를 맡았다. 어릴 적 시골집 꽃밭에서 나던 향기. 상쾌하고 풋풋했다. 어떤 이는 이 냄새를 버섯 냄새라고 했다. 어쨌든 모든 나무의 향이 융합되어 나오는 건 틀림없다. 입구에 써놓은 '치유의 숲'이라는 말에 공감이 갔다. 주변의 풍경, 향기, 소리, 공기, 감촉이 오감을 즐겁게 했다.

'맨발 치유 숲길'이라는 팻말을 보고 운동화와 양말을 벗은 채 걸어보았다. 한 발 한 발 디딜 때마다 따끔거렸지만 걷다 보니 몸에서 열이 나고 오장육부가 찌릿찌릿했다. 몸속에서 묘한 쾌감이 일었다. 계곡에서 흙 묻은 발을 물로 씻고 양말과 운동화를 신었다. 발갛게 부풀어오른 발바닥의 감촉이 참 따뜻했다. 예정에도 없던 숲에 와서 몰입하다 보니 시간이 금방 지나갔다. 일상에 지치고 스트레스가 쌓였는데 기분이 좋아졌다. 보이는 자연, 코끝에 스미는 향기, 노래 부르는 새소리, 상쾌한 공기, 발바닥에 닿는 감촉 모두가 신기했다.

이런 숲에서는 군이 많이 걸을 필요도 없다. 벤치에 앉아 있는 것만으로도 충분했다. 숲속 그네에 앉아 흔들거리는 것도 재미있었다. 숲을 배경으로 사진을 찍는 것도 즐거웠다. 콧노래가 절로 나왔다. 들숨도, 날숨도 편안했다. 밖은 후텁지근한 날씨였지만 숲속은 뽀송뽀송했다. 숲에 있는 것만으로 머릿속이 상쾌했다. 두통이 사라졌다. 온갖 시름이 날아간 듯 기분이 좋다. 산책하다가 우연히 이곳의 주인을 만나 이야기를 나눠보니 이력이 특이했다. 소를 키우는 농장을 하다가 이 길로 들어섰다고. 돈만 생기면 미친 듯이 나무를 심었다고. 그 뚝심이 대단한 분이란 생각이 들었다.

허리춤을 따라 이어진 오솔길을 내려오는데 갑자기 소나기를 만났다. 일행과 함께 가까운 숲속 정자로 몸을 피해 비가 그치기를 기다렸다. 10여 분이 지났을까. 다시 맑은 하늘이 고개를 내밀었다. 캄캄하던 숲이 다시 환해지면서 몽환적인 분위기까지 맴돌았다. 물 맞은 편백은 생기까지 머금었다. 하늘로 쭉쭉 뻗은 편백으로 눈이 호사를 누렸다. 맑은 물소리가 귓전을 간지럽혔다. 가장 신기했던 건 쌀알처럼 작은 눈, 윤기 흐르는 회색 털, 살이 포동포동한 두더지를 만난 것이었다. 당황한 두더지는 허겁지겁 흙 속으로 파고들더니 금세 사라졌다.

이어서 전망대에 올랐다. 무등산과 안양산, 대동산, 만연산이 병풍처럼 감싼 풍광이 황홀했다. 발아래로는 마을이 보였다. 보이는 전부가 산수화다. 숲길을 다 산책하고 처음의 자리로 돌아와 차 한 잔을 마셨다. 칡꽃 차를 잔에 따르자 노란빛이 가득 찼다. 차 빛깔을 보며, 꽃을 상상하고, 향을 음미했다. 맛은 허브 향과 아카시아 향이 뒤섞인 듯한 복잡한 맛이었다.

서울로 향하는 차 안에서 흙처럼 퀴퀴하고도 상쾌하며, 따끔하고도 부드러운 숲이 그리워졌다. 눈을 뜨고 남쪽 하늘을 올려다 보면 수십 미터 편백 줄기가 통째로 바람에 흔들린다. 잎과 가지가 줄기를 따라 더 크게 움직인다. 휘청거리는 편백이 빛을 들였다, 막았다 한다.

숲에서 맘껏 누렸던 것들이 아른거린다. 치유가 간절했던
만큼 더없이 편안하게, 나만 느끼는 이미지, 소리, 촉감으로…
편백잎이 하늘을 가리며 그늘을 만들고, 별 모양을 이루는 장
면을 떠올리며 노트북에 숨겨놓은 시를 열었다. 숲에서도 만
난 윤동주의 시 '편지'는 내 발길을 멈추게 했었다. 심장이 '쿵'
하고 내려앉아, 아주 잠시지만 무척이나 설렜다. 마치 오래된
연인을 만난 것처럼.

"그립다고 써보니 차라리 말을 말자/ 그냥 긴 세월이
지났노라고만 쓰자/ 긴긴 사연을 줄줄이 이어/ 진정 못
잊는다는 말을 말고/ 어쩌다 생각이 났었노라고만 쓰
자…"

버텨 잘 살아주길

밝은 마음으로 보면
궂은 날에도 빛을 보는 거야.
어두운 마음으로 세상을 보면
햇빛 쨍한 날에도 어둠을 볼 테니까.

노랗고 붉은 꽃들이 세상을 뒤덮은 봄날, 만인의 영예를 모두 끌어안은 가수가 투신자살했다. 그의 노래를 따라 부르고, 그가 입는 옷을 사서 입고, 그가 웃는 미소에 열광했다. 무엇이 곱디고운 청춘의 그를 죽음으로 몰았을까. 왜 그랬을까. 죽을 용기로 살지. 얼마나 견디기 힘들었으면…… 사람들의 시선은 극명하게 나뉜다. 분명 자살은 고통을 피하기 위한 비상구는 아니다. 삶의 질서를 파괴하는 행위다. 비겁한 행위일지도 모른다. 그럼에도 자살을 선택하는 사람이 있다. 이유는 뭘까. 아마도 자신만이 견뎌야 할 고통, 세상에서 혼자라는 외로움이 극에 달해서일까. 그러니까 자신을 압박하는 생의 모든 결핍에서, 혼자라는 외로움에서 자유롭고 싶었을까.

어쩌면 죽음을 선택하는 입장에서는 지독한 외로움과 고통에 끝까지 저항할 수 없기에 마지막 선택이란 생각을 하는지도. 아무리 가족, 이웃, 동료, 친구가 있다고 하지만 누구나 외로운 건 마찬가지다. 이 세상에 외롭지 않은 사람이 어디 있을까. 다만 주변에 든든한 울타리가 있으면 외로움을 견디며 산다. 그러나 손을 내밀었는데 손잡아주는 이가 없다면 살겠노라 버티는 마음이 흔들린다. 결국 살겠다는 마음보다 포기하겠다는 마음이 더 강해진다. 나는 왜 이럴까. 왜 내 맘대로 안될까. 존재에 대한 회의감, 무능하다는 자괴감에 빠진다. 이 깊은 늪에 너무 오래 있다 보면 다 무너졌다는 생각에 최후의 선택을 한다.

셰익스피어는 '햄릿'에 이렇게 썼다.

"살 것인가 죽을 것인가(To Be, Or Not To Be)의 선택권은 자신에게 있다."

나도 한때 죽음을 생각한 적이 있다. 그러나 마지막 삶의 끈을 놓으려는 순간에 아이의 초롱초롱한 눈망울이 떠올랐다. 아이를 보호해줄 누군가가 떠오르지 않았다. 아이 때문에, 아이 핑계로 살았다. 그러니까 삶의 끈을 놓으려는 순간, 삶의 이유를 발견했다. 내 삶의 이유는 아이라는 사실을 분명히 깨달았다.

내가 낳은 아이, 끝까지 책임져야 할 아이가 있기에 죽을 수가 없다. 살아갈 이유가 있는 것이 죽을 수 없는 이유가 된다. 그렇게 살아지는 거다. 나날이 빛나는 삶이 있을까. 내가 넘어졌을 때 나를 일으켜 세워주는 이는 아이였다. 아이에게 '미안하다' 느낄수록 내가 먼저 일어서야 한다.

'엄마, 여행 잘 갔다 와요. 사랑해.'

죽음을 생각하던 어느 날, 낯선 민박집에서 아이가 보낸 메시지를 보며 하염없이 울었다. 그랬다. 수천 번을 들어도 기분 좋은 말, '엄마 사랑해.' 그 한마디에 나는 외롭게 죽으려던 선택지를 놓아버렸다. 그리고 살아야 할 든든한 이유를 선택했다. 지금보다 더 잘 살아야겠다는 다짐을 했다.

죽음까지 마지막 한 걸음만이 남았더라도 살아내야 한다. 삶을 지탱하려는 노력도 계속돼야 한다. 내가 보란듯이 애쓰지 않으면 깊은 외로움이 엄습할 것이다. 삶에 대한 확신, 살아야 할 이유를 놓치면 생은 일회성이 된다. 급기야 다 무너진다. 나를 죽음으로 밀어내는 이가 있더라도 나를 매우 아끼는 사람이 있다면 살 가치는 충분하다. 그러니까 좀 힘들어도 반드시 살아남아야지. 살아갈 이유, 사랑하는 이를 위해 부디 끝까지 버텨 잘 살아주길.

두물머리에서 〰〰〰〰〰〰〰〰〰〰

문득 떠나고 싶었다. 점점 시간의 갈피가 얇아진다고 느낄 때마다 희망을 찾아, 그리움을 찾아, 떠나고 싶었다. 새 희망으로 가는 출구가 너무나 간절했다. 소중한 것을 지키고 싶고, 행복한 기억을 되새기며 위로받고 싶었다. 그래서 나는 떠난다. 집을 떠나는 순간, 새로운 도전이 시작된다고 믿기에.

급하게 나오느라 이것저것 짐을 챙기지 못했다. 이리저리 갈 곳을 찾다가 결국 남한강과 북한강이 만나는 두물머리로 향했다. 청량리역에서 기차를 타고 양수리역까지는 집에서 넉넉히 두 시간이면 충분했다. 늘 두물머리로 갈 때에는 몸보다 마음이 먼저 도착한다. 내 청춘의 기억들이 고스란히 묻어 있는 곳이라 발길이 그쪽으로 향한다.

두물머리는 양수리(兩水里)의 순우리말이기도 하다. 금강산에서부터 흘러온 북한강과 강원도 태백 검룡소에서 발원한 남한강의 두 물줄기가 합쳐지는 곳이라 해서 두물머리라고 부른다. 옛날에는 두물머리가 서울로 가는 이들이 마지막으로 머물던 쉼터이기도 했다. 강원도 오지 마을에서 강을 타고 온 뗏목도 뚝섬이나 마포나루로 들어가기 전에 두물머리에서 쉬어 갔다고 한다. 언제부턴가 영화나 드라마 촬영지로 유명해졌지만 언제 찾아가도 마음이 편안해지는 곳이다.

두물머리의 두 물줄기가 합쳐지면 물길은 호수처럼 아늑한 수면을 만든다. 누군가 흙탕물을 쏟아부어도 원심(原心) 그대로 다시 맑아진다. 나는 그 맑음에 허리 굽혀 경의를 표한다.

물새 한 마리, 힘겹게 날아와 거꾸러진다.
여명 속에서 피어오르는 물안개는
20년 전이나 지금이나 같은 모습일 텐데,
삶이 매워서인지 나에게는 풋풋하기보다는
알싸하게 느껴진다.

400년이 넘었다는 느티나무 그늘에 앉아 강물을 바라보고 있노라면 살면서 짊어진 근심 걱정이 강물로 씻겨 내려가는 듯하다. 강가의 노란 돛단배는 아름다운 풍경에 방점을 찍는다.

무언가를 시작하려는데 확신이 서지 않는 날, 마음이 빙빙 돌아 답답한 날, 삶에 지쳐 울고 싶은 날에는 홀로 이곳을 찾는다. 강가에 앉거나 길을 거닐면서 현재의 고민거리나 고통을 다 쏟아낸다. 회색 빌딩 숲에서는 보이지 않던 것들이 아담하고 포근한 이곳에서는 보이기 시작한다. 강물을 바라보며 묻고 답하며 침묵의 독백을 오래도록 이어간다.

그렇게 시간이 지나면 비릿한 강바람이 몸속에 스며들어 가슴이 후련해진다. 다 비우고 털어내고 나면 빙그레 웃음이 나온다. 살면서 용서할 수 없던 것들까지 끌어안게 된다. 세상의 이치란 것이 가까이서 바라볼 때보다 한 걸음 물러나서 바라보면 더 자세히 보인다.

오늘 따라 두물머리에는 사람이 무척 많다. 가족끼리, 친구끼리, 연인끼리 강변을 걷거나 벤치에 앉아 이야기를 나누는 모습이 평화롭다. 강마을에 펼쳐진 세상은 각박한 현실과 달리 아주 많이 여유롭다. 한쪽에서는 순간의 아름다운 포착을 놓칠세라 열심히 셔터를 누르는 사진작가들도 보인다. 아름다운 자연과 사람 간의 진정한 소통을 보는 듯하다.

물론 이곳을 찾은 사람 모두가 행복한 얼굴인 것은 아니다. 심각할 만큼 고통스러운 표정을 짓는 사람도 있다. 그들의 모습 모두가 나에게는 거울이다. 아프고 행복했던 지난날, 현재의 내 모습이니까. 그 거울에 나를 그대로 비춰보는 것 또한 두물머리가 나에게 주는 선물이다.

특히 400년이 넘는 느티나무의 풍광과 시간을 거스르는 듯 노란 돛단배를 타고 유유히 노를 젓는 사공의 모습은 거친 세파를 잊기에 충분하다. 그 옛날 남한강과 북한강을 따라 서울 한강으로 들어가기 전 쉬어가던 그때처럼 지금도 물과 물이 만나고, 사람과 사람이 만나는 아름다운 곳이니까.

어떤 이는 지나간 사랑을 지우기 위해, 또 어떤 이는 새로운 희망을 담아 멋진 출발을 하기 위해, 또 어떤 이는 행복의 결실을 위해 찾는다. 결국 두물머리는 사랑과 이별, 기쁨과 슬픔, 희망과 절망이 교차되는 곳이다. 그래서 나에게 두물머리는 성찰의 시간을, 깨달음의 선물을 안겨준다. 비우고 또 비워 새 털처럼 가볍게 해준다. 북한강과 남한강이 만나 하나를 이루는 장엄한 모습을 보고 있자면 마음이 절로 숙연해진다. 올 때마다 느림의 미학을 배운다. 콧노래도 나온다. 기다란 물음표를 여러 개 안고 두물머리에 머물다가도 돌아갈 즈음에는 단하나의 커다란 느낌표를 안는다.

지금, 여기, 이 소중한 봄날에 내가 당장 해야 할 일이 무엇인지, 무엇을 희망해야 하는지를 깨닫게 한다. 올 때마다 선명한 해답을 쥐여주는 두물머리. 나에게는 소중한 친구이고 든든한 배후이다. 울면서 찾아와 웃으며 돌아간다. 희망은 희망이 낳는 것이 아니라 결핍이나 절망에서 시작된다는 것을, 간절하게 희망을 이룬 사람은 안다. 희망이 얼마나 귀하고 절실한가를. 가장 깊은 수렁에 빠졌다고 생각되는 그때가 가장 큰 희망의 기회라는 것을.

이곳은 인적이 별로 없어도 서울에서보다 덜 고독하다. 한적한 곳에 앉아 오랫동안 강물에 시선을 두고 있으면 작은 섬 주위로 물안개가 피어오르고 새들이 그 주위를 빙빙 돈다. 강둑에 정물처럼 앉아 있으면 혼란스러웠던 마음, 무게중심을 잃어 사정없이 흔들리던 마음이 중심을 잡는다. 방황하던 마음이 스스로 잔잔해지고 금방 빨아 널어놓은 하얀 원피스처럼 하얗게 나부낀다. 내가 놓지 못하고 있던 내 것이 아닌 것들에 대한 집착, 안쓰럽게 매달려 있는 흉측한 욕망, 쓸데없이 들러붙어 고통스러웠던 욕심, 하나 가득 걱정에 불안해하던 조각들이 바람 따라 날아간다. 기다림을 기다리다 보면 무엇이 내 것이고 무엇이 남의 것인지, 무엇이 쓸데없는 걱정이고 무엇이 희망인지를 깨닫게 된다. 이제는 기다림이 지혜란 생각이 든다.

서울로 돌아가는 길에 남들처럼 '소원나무(wish tree)'로 불리는 느티나무를 찾았다. 조약돌에 소망을 적어 나무 옆에 조심조심 올려놓았다. 내 아이와 나를 위해서. 가벼운 마음으로 소원을 빌고 나니 항상 가슴속에 묵직하게 내려앉아 있던 파란만장했던 인생 풍파도 조금은 가벼워진 듯하다. 토닥토닥 위로받으니 칼날 같은 아픈 기억도 강물을 붉게 물들이며 작별의 손짓을 한다. 희망이 내 앞에 머무는 듯 어둑하던 하늘이 금빛 햇살을 품어낸다. 더도 말고 이렇게 환한 햇살처럼 희망이 나에게 더 많이 허락되었으면.

큰일을 이루기 위해

힘을 주십사 기도했더니,

겸손을 배우라고 연약함을 주셨다.

많은 일을 해낼 수 있는 건강을 구했더니,

보다 가치 있는 일을 하라고 병을 주셨다.

행복해지고 싶어 부유함을 구했더니,

지혜로워지라고 가난을 주셨다.

세상 사람들의 칭찬을 받고자

성공을 구했더니,

뽐내지 말라고 실패를 주셨다.

삶을 누릴 수 있도록

모든 걸 갖게 해달라고 기도했더니,

모든 걸 누릴 수 있는 삶, 그 자체를 선물로 주셨다.

구한 것 하나도 주시지 않았지만,

내 소원을 모두 들어주셨다.

하나님의 뜻을 따르지 못하는 삶이었지만,

내 맘속 진작에 표현하지 못한 기도는 모두 들어주셨다.

나는 가장 축복받은 사람이다.

- 성 프란체스코, 기도

불가해한 힘

"가슴속에 풀리지 않은 채
남아 있는 모든 것에 대해 인내를 가져라.
그런 의문 자체를 사랑하려고 노력해라.
그것은 잠가놓은 방과도 같다.
외국어로 쓰인 책과도 같다."

시간이 흐를수록 삶을 이끄는 것은 '불가해한 힘'이라는 생각이 든다. 라이너 마리아 릴케는 잠가놓은 방문을 굳이 열려고 하지 말라고 했다. '불가해한 힘'을 사랑하라고 했다. 이해할 수 없는 것은 이해할 수 없는 것으로 내버려두는 것, 어찌할 수 없는 것은 어찌할 수 없는 것으로 내버려두는 것, 그것이 어쩌면 현명할지도 모르겠다.

그래, 오늘의 고민도 진통제를 먹을 정도로 몰입했으면 됐다. 시간이 흐르면 또 방법이 있겠지. 어쩌면 내 힘으로 안되기에 때때로 '불가해한 힘'이 필요한지도 모르겠다. 그냥, 내버려 두자.

황홀한 슬픔

모른 듯이 흐르면서 변해간다.

찰나처럼 스쳐가는 하루에도 새벽이 있고, 한낮이 있고, 헛헛한 욕망을 누이고 토닥이는 밤이 있다. 24시간으로 제한된 흐름에도 수많은 풍경이 흐른다. 어제와 다르면서도 같은 풍경들, 조금씩 흐르면서 변해간다.

어렸을 적엔 시간은 무제한으로 얻어지는 거라 생각했어. 애써 부르지 않아도 늘 앞에 있었으니까. 가장 먼저 마주하는 건 오늘이었으니까. 그래서 시간에 대한 분별력이 없었던 거야. 당연히 오늘이 존재할 거라 생각하고 무덤덤하게 받아들였던 거지. 분명, 시간은 경계가 없었는데 자연스럽게 흐르면서 풍경을 만들고, 다음 장면을 이어갔던 거야. 편편하게 흐르면서, 제 갈 길을 갔던 거야. 돌이켜보면 그렇게 빨려들듯 몰입했던 시간은 나에게 선물을 줬어. 추억이라는 황홀한 슬픔을. 그러니까 필름을 돌리면 그곳엔 여전히 푸른 돌고래가 헤엄치고 있는 거야.

part 2
세상의 무게를 견디다

항상 취하라.

무엇보다 중요한 것은 그것이다.

그렇게 하는 것만이 그대의 어깨를 짓누르고

그대의 허리를 휘게 하는 무서운 시간의 중압을

느끼지 않을 수 있는 유일한 길이다.

끊임없이 취하라.

그러나 무엇에?

술이건, 시이건, 선이건, 그대가 좋아하는 것에.

다만 취하라.

그러다 때로 궁전의 계단이나

개울가 푸른 잔디 위에서,

또는 삭막하고 고독한 그대의 방에서 깨어나

문득 취기가 어느 사이 사라졌음을 발견하게 되면 물으라.

바람에게, 파도에게, 별에게, 새에게, 시계에게,

달아나는 모든 것, 신음하는 모든 것,

구르는 모든 것, 노래하는 모든 것,

말하는 모든 것에 물으라.

지금 몇 시냐고.

그러면 바람은, 파도는, 별은, 새는, 시계는 대답하리라.

지금은 취할 시간이다!

시간의 학대를 받는 노예가 되지 않으려면 취하라.

쉬지 않고 취하라!

술이건, 시이건, 선이건, 그대가 좋아하는 것에.

- 샤를 보들레르, 취하라

선물 같은 사람

책장을 열어젖히니 노랗고, 빨갛고, 푸른, 낡고 오래된 파일들이 눈에 밟힌다. 수십 년도 더 된 파일인데 정리할 엄두가 나지 않아 방치하고 있었다. 오늘 책장을 정리할 겸, 파일 정리에 들어갔다. 뒤죽박죽 널브러져 있는 더미 사이로 파일을 꺼내자 눌러앉은 먼지가 폴폴 방 안에 춤춘다.

첫 번째 분홍색 파일의 겉장에 쓰인 글자와 마주쳤다. 견출지에 큼직하게 검은색 사인펜으로 '나의 서른'이라고 쓰여 있었다. 한 장씩 파일을 넘길 때마다 손과 눈이 빠르게 움직였다. 내 나이 서른, 교사 생활시절에 낙서처럼 쓴 교무회의 기록도 있고, 수학여행 때 제자들과 이야기를 나눈 기록도 있다.

그중에서 가출한 제자를 집으로 귀가시키려고 애쓰던 기록이 눈에 띄었다. 주말마다 불러내어 함께 떡볶이도 먹고, 우동도 먹고, 영화도 보고. 집 근처까지 데려다주며 위로하고 응원하던 내용이었다. 그 아이들이 지금 어디서 무엇을 하는지 참으로 그립고 궁금했다. 아마도 철없던 시간을 발판으로 삼아서 좋은 인연을 만나 잘 살고 있을 테지만 지금 유난히 그 아이들이 그립다. 나를 힘들게 했지만 나와 오랜 시간을 함께 했던 아이들이라 정이 깊이 들었던 것 같다.

추억은 나를 살게 하는 힘이다. 수십 년이 지난 지금, 아슴했던 아이들의 이름과 얼굴, 함께 했던 장소와 일들이 영화필름처럼 되살아난다. 공부보다는 오로지 연기자가 되고 싶어 연기학원을 다녔던, 그 아이들이 정말 보고 싶다.

서랍장 깊숙이 내팽개쳐져 있던 파일에는
아이들과의 추억이 고스란히 담겨 있었다.
이 기록들은 작가로 살고 있는 내가 아니라
어느 한때, 또 하나의 나로 존재했던 순간을
기억하게 했다.
깊은 강물을 거슬러 올라가는 연어처럼
활기찬 어제의 일들이
수많은 모퉁이를 돌고 돌아 내게 왔다.

오래되어 빛이 바랜 a4 용지 사이로 세월의 통로가 열렸다. 가장 빛나고 분명한 젊은 날이 고스란히 살아 춤추고 있다. 탱탱한 젊음을 풍미했던 한 시절. 그 싱그러움이 파일 속에 은둔해 있던 내 사진에 그대로 살아 있다. 학생들 틈에서 웃고 있는, 볼이 볼록한 내 옛 모습이 낯설다.

빛바랜 파일 속에 오롯이 담긴 지난 시간, 내 기억 속에 저장된 울림이 새록새록하다. 졸업앨범을 들춰보니 반듯한 네모선 안에 검게 인쇄된 내 이름 세 글자가 보였다. 심장이 쿵쿵거렸다. 순수하게 아이들이 좋아 새벽 6시 30분에 학교에 갔었다. 뿌듯하고 힘이 솟았다. 교사 생활 초창기에는 정말 행복했다. 학교 앞 분식점에서 떡볶이를 점심으로, 저녁으로 먹어도 즐거웠다.

고3 담임을 맡아 야간 자율학습할 때 저녁시간에 맞춰 반 아이 어머니가 손수 끓여서 갖고 오신 뽀얀 방아 재첩국은 잊을 수가 없다. 부추, 방아, 대파의 풍미가 지금도 입안에 맴돈다. 나중에 안 사실이지만 아이의 어머니는 요리연구가셨다. 그래서 도시락이 특별했나? 따뜻한 재첩국에 3단 도시락은 살면서 먹은 도시락 중에 가장 으뜸이었다.

서른 즈음의 나는 사람과 사람의 연을 소중하게 여겼다. 선물 같은 사람이 되고파서. 누구는 만남이 인연으로 이어지기까지는 수천 겁이 필요하다고 했다. 불교에서는 옷깃만 스쳐도 인연이라고 했다. 사람과 사람과의 관계 속에 맺어지는 수많은 연(緣). 스승과 제자, 부모 자식, 친구 또는 연인… 수많은 인연의 줄이 닿는다. 세상을 살면서 우연찮게 만나 이어진 관계는 어떤 형태든지 다 소중하다. 감히 나의 서른 즈음의 시간들이 이제는 입가에 피식피식 웃음을 흘리게 한다. 한 장 한 장

넘길 때마다 잃어버린 시간들이 연기처럼 모락모락 피어오르고, 답답해서 우울했던 심사에 평온이 찾아든다.

선물이라는 마음의 길은 푸근하다. 주는 이는 줄 수 있어 즐겁고 받는 이는 준 사람의 정성을 생각해서 고맙다. 서른 즈음에 나는 생일날 배달되어 온 케이크 상자와 장미꽃 서른 송이에 감격하고 눈물을 흘렸었다. 사람의 인연에서 비롯한 삶의 희열이 가슴을 적시고, 일렁거리며, 깊이 간직될 수 있다는 걸 깨달은 것도 그 무렵이었다.

강산이 여러 번 바뀌고 이렇게 나는 작가로 살고 있다. 시간과 함께 건너온 삶의 물집들이 세월과 함께 쌓이고 쌓여 나라는 사람이 됐다. 이제는 독자와 인연을 이어가고 있다. 다시 누군가에게 선물 같은 사람이 되기 위해서. 어떤 인연이든 사람의 인연은 쇠심줄처럼 질기고 질기다. 온몸으로 연줄에 목을 매달고 살아가는 삶이 따뜻하기도 하고 아프기도 하다. 그래도 꼭 붙들어 매야 할 인연줄 한두 개쯤은 있어야 한다. 그래야 딱딱해진 가슴이 풀잎처럼 유연해지고 근력이 붙으니까.

스티브 잡스는 인생을 '점 잇기(Connecting the dot)'라고 했
다. 매일매일 하고 있는 일에 충실하게 점을 찍다 보면 언젠가
는 그것들이 이어져 내가 꿈꾸는 모양을 이룰 것이고, 결국 선
물 같은 사람으로 마주할 때가 올 것이다.

작은 냉장고가 가져다준 선물

집은 주인을 닮고, 주인은 집을 닮는다.
주인이 떠나가면 새로운 주인이 들어와
자신을 닮은 집으로 꾸민다.

고민 끝에 집을 줄여 이사를 가기로 했다. 어쩔 수 없이 살림
도 내다 버리고 냉장고 역시 작은 냉장고 하나만 남겨두고 나
머지는 처분했다. 처음에는 냉장고가 하나라 매우 불편했다.
습관대로 일주일에 한 번, 마트에 가서 장을 보면 과일이며, 생
선이며 넘쳐 넣어둘 공간이 부족했다. 과일을 모두 잘라서 아
이스팩에 채워 넣어두기도 했다. 먹는 사람은 둘뿐이고, 둘 다
잘 먹지 않아 넣어두기만 하다가 버리기 일쑤였다. 결국 마트
에 장 보러 가는 '식품 쇼핑'을 줄였다.

얼마 전부터는 가까운 장터로 눈을 돌렸다. 마트보다 가격

이 저렴하고 상추 하나도 먹을 만큼 직접 골라 담을 수가 있다. 새벽 5시부터 아침 7시 30분까지 열리는 번개장터. 야채는 매일 식단에 따라 이곳에서 산다. 과일도 여러 가지를 사지 않고 조금씩 바꿔가며 산다. 오늘 사과 5알을 사면 다 먹고 이틀 후에는 바나나를 산다. 그때그때 먹고 싶은 것 위주로 산다. 그러다 보니 마트에 가는 횟수도 줄고 음식물쓰레기도 많이 줄었다. 대형마트는 생수나, 세제를 사러 1~2달에 한 번 간다. 아주 가끔 아이가 좋아하는 아이스크림이나 육류, 생선을 살 때에는 냉장상태로 배달되는 마트의 새벽 배송을 이용한다.

조리하는 것도 단순해졌다. 원래부터 꼭 먹는 것만 해서 상을 차리기 때문에 5첩 상차림이 전부다. 냉동식품을 좋아하지 않아 매끼 요리를 해야 하는 번거로움이 있지만 그것도 운동이라 생각하면 즐겁다. 현미밥, 작은 생선 한 마리, 두부 부침, 양상추 샐러드, 김치 정도가 자주 식탁에 오른다. 객지 생활을 오래 한 탓에 국을 잘 끓여 먹지 않는 것이 습관이 되어 국은 식탁에 잘 오르지 않는다. 아이가 좋아하는 맑은 소고기 뭇국이나 미역국을 가끔 끓인다. 제철 야채에다가, 즉석에서 구운 생선, 김치, 김, 이렇게 아주 소박한 밥상이다. 어쩌다가 생선회가 먹고 싶으면 훈제연어를 사서 샐러드를 만들어 먹는다. 외식은 어쩌다가 한 번, 생일과 같은 기념일에 한다.

집이 작아지니까 생각이 바뀌었다. 생활도 심플해졌다. 식단은 건강식으로 바뀌었고 체중도 줄었다. 절약한 시간은 작업하는 데 쓰게 되고, 산책하는 시간도 늘어나 건강도 좋아졌다. 소박한 삶이 모든 것을 단순화시키고 있다. 지금은 있어도 되고 없어도 되는 것이 있다면 굳이 집 안에 들이지 않는다. 물론 돈도 절약이 된다. 대형마트에 갈 때에는 이것저것 사다 보면 금방 10만 원이다. 재래시장에서는 만 원이면 두 끼 식사가 충분하다. 그렇게 습관이 되다 보니 더 이상 유통기한에 허덕이지 않게 됐다. 냉장고를 열 때마다 널찍해서 좋다. 가끔 혼자 중얼거린다.

"둘이 살면서 작은 냉장고 한 대만 있어도 충분한데 왜 욕심을 부렸을까? 왜 잘 먹지도 않는 것들로 굳이 냉장고를 채우려고 했지?"

처음부터 나는 돈에 집착을 하지 않아 가진 것이 별로 없다. 물론 돈은 소중하다. 많으면 많을수록 삶이 편리하다. 다만 돈이 많다고 해서 반드시 행복한 것은 아니라는 뜻이다. 돈이 많으면 여유가 있고 풍요롭다. 지나치거나, 모자라면 걱정이 생긴다. 몸과 마음이 아프다. 하는 일이 있고, 욕심내지 않고, 소박하게 먹고, 누울 자리만 있으면 된다.

건강한 삶은 대단하지 않다. 어제 죽은 이가 간절히 원했던 것이 바로 이런 평범한 일상이다. 인세 수입이 줄어 삶의 반경이 더 단출하게, 가볍게 바뀌었지만 그 속에서 즐거움을 찾고 있다. 가진 것이 많은 친구들을 보면 부럽다. 그러나 이제는 부러움을 쫓아가지 않고 내가 가진 것으로 기쁨을 찾는다. 그렇게 산 지도 오래다.

살 만큼 산 내가 닮고 싶은 삶이 하나 있다면 미국의 자연주의 학자 스콧 니어링(Scott Nearing)의 삶이다. 니어링은 산업자본주의가 삶을 공허하게 만든다고 생각한 사람이다. 잃어버린 활력을 되찾기 위해 도시를 떠나 전원생활을 선택하고 완전한 채식주의자가 되었다. 도정하거나 제분한 곡물이 아닌, 살아 있는 통곡물로 식사를 하고 직접 기른 채소와 과일을 먹었다.

돌집을 짓고, 밭을 갈며 소박하고 조화로운 삶을 일궜다.

백 살이 되자 스스로 곡기를 끊고 죽음을 선택한 그는 하루 일과를 마치고 쉬는 것처럼 편안하게 떠났다. 은둔과 노동, 절제와 겸손이 몸에 밴 자연주의자이자 생의 본질을 꿰뚫고 있는 사람만이 선택할 수 있는 죽음의 방식이다. 그가 곡기를 끊고 죽음을 맞는 한 달 동안은 그의 부인 헬렌 니어링(Helen Nearing)이 쓴 '아름다운 삶, 사랑 그리고 마무리'에 사실적으로 묘사되어 있다. 니어링의 의연한 태도와 이러한 과정을 완성으로 승화시키는 헬렌의 도움은 내게 큰 충격이었다.

사실 도시생활에 길들여진 내가 니어링 부부처럼 자연 속으로 돌아가 살기란 불가능하다. 그렇기에 내 자리에서, 할 수 있는 만큼 노력하고 있다. 현실적으로 어떻게 먹고살아야 건강한지를, 어떤 일을 해야 행복한 것인지를 나는 알아가는 중이다. 물론 나의 방식이 정답은 아니다. 그저 내가 요즈음 실천하고자 하는 것들이다. 몸이 거부하지 않고, 신선하고, 살아 있으며, 오감(五感)을 즐겁게 해주는 것을 선택한다. 욕심내어 허세를 부리지 않을 것, 가진 것으로 최대 효과를 낼 것. 먹는 것부터, 일하는 것, 자는 것, 생활의 전부를 단순하게 만들었다.

과거에 내가 아프고 힘들었던 이유는 무리한 욕심 때문이었
다. 삶 자체를 스스로 복잡하고 골치 아프게 만들었다. 욕심을
충족시키지 못하니 마음이 다쳤다. 마음이 다치니 몸이 아팠
다. 몸과 마음이 모두 아프니까 삶이 무너졌다. 지금 이렇게 단
순한 삶을 선택한 이후로는 모든 것이 간단명료해졌다. 이제
는 '조금 부족한 거 같은데?'라는 생각이 들 때는 일단 멈춘다.
그리고 지금의 행복한 삶을 돌아본다. 그것을 오래 유지하기
위하여.

아버지 기일 날에

아버지가 가신 지 20년이 흘렀다. 이렇게 찬바람이 불 때마다 서리가 내려앉은 머리칼과 새우처럼 굽은 등이 떠올라 마음이 서럽다. 늦은 밤 홀로 술잔을 기울이시던 아버지의 쓸쓸한 뒷모습이 눈앞에 그려진다. 퇴근할 때면 토끼 같은 자식들을 위해 소고기가 든 종이봉투를 들고, 노을 진 골목길을 비틀거리며 걸어오던 아버지의 그림자가 아른거린다. 낡은 구두, 해진 양복, 손때 묻은 안경은 아버지의 상징이다. 구두 가게, 옷 가게, 안경 가게를 지날 때마다 아버지가 생각나 마음이 울컥한다.

"연탄재 함부로 발로 차지 마라/ 누구에게 한 번이라도
뜨거운 사람이었느냐…."

안도현의 시 '너에게 묻는다'를 읽고 또 읽는다. 강산이 두 번
바뀌고, 부모가 되고 나니 철없던 행동이 후회가 된다. 애주가
셨던 아버지의 소란스럽던 취기(醉氣), 알코올 냄새가 나는 괜
히 싫었다. 어리석은 나의 사소한 잘못에도 엄히 야단치던 아
버지가 원망스럽기도 했다. 야단맞을 때마다 미움을 키웠던
것, 따뜻한 밥 한 끼 제대로 대접해드리지 못한 것, 기대와 다
르게 잘 살지 못한 것, 모두 걱정만 끼친 것 같아 죄송스럽다.
늘 받기만 하는 데 익숙해져 아버지에 대한 배려와 사랑은 나
중이었다. 부모에게 베푸는 사랑과 선은 첫 번째가 되어야 하
는데…… 직장생활이 바쁘다는 이유로, 몸이 조금 아프다는
이유로 늘 뒷전으로 밀어뒀다.

아버지는 태산이었는데. 세파(世波)에 지친 나에게 너른 그
늘을 내려주시고, 심신을 기대고 쉴 자리를 만들어주셨는데.

천년 세월이 지나도 든든한 바람막이가 되어 진심으로 품어 안아주셨는데. 야단친 것도 다 나 잘되라고 그런 건데. 그때는 왜 서운함만 차올랐는지. 그때는 왜 아버지의 진심을 알아차리지 못했는지. 왜 그 사랑을 진심으로 읽지 못하고 그 메마른 손 한 번 잡아드리지 못했는지. 죄스러움은 커지고 아버지에 대한 그리움은 점점 깊어간다.

누군가 말했다.

"행복은 다른 걸 갖는 게 아니라 언제나 똑같은 걸 갖는 데 있다."

그저 그런 평범한 일상이 행복이라는 걸 이제야 알 것 같다. 아버지의 기일인 오늘, 꽃 한 송이 꽂은 특별한 '연탄 케이크' 앞에 가족이 옹기종기 모여 앉아, 연탄불에 고기 구워먹던 그 행복했던 날을 추억하련다. 오늘 밤은 아버지가 꼭 다녀가셨으면. 꿋꿋이 살아가는 모습을 보셨으면 좋겠다. 아버지! 아버지가 좋아하시던 밤꽃은 벌써 졌지만 당신의 꽃자리는 영원할 거예요. 아버지, 사랑합니다!

엄마와 새우깡

벌써 11월이다.

적요한 석양을 떠받들던 모든 것이 처연하게 진다.

저무는 하루, 퇴근길 집으로 향하는 그림자가 쓸쓸하다. 농익은 낙엽이 한 잎, 한 잎 자신을 떨군다. 이를 두고 어느 시인은 '나무의 눈물'이라 했다. 이 풍경이 더욱 아름답게 느껴지는 이유는, 새날을 기약하는 투신이라서가 아닐까? 낙엽들이 성스럽게 투신하는 아침, 이제는 '안녕하세요' 하는 인사말이 참 특별하다. 나이가 들어서인지, 누군가 그렇게 인사하면 '평안을 빈다'는 의미 같다. 불현듯 갑자기 사라지지 말라는 의미로도 들린다. 그리고 결국 서럽다. 예정 없이 낙화하는 푸른 잎새를 본 듯 슬프다. 괜스레 눈물이 난다.

더없이 소중한 오늘, 어제 죽은 이가 간절히 살고 싶어 했던 오늘, 나는 김현식의 '추억 만들기'를 듣고 있다. 며칠째 음울한 날씨에 마음이 무겁다. 엄마 집에 다녀온 날은 눈물이 한가득, 걱정이 한가득. 엄마가 곁에 있어 기쁘지만 자꾸만 쇠약해지는 모습에 눈물이 난다.

엄마가 늙어갈 때 어디가 아픈지, 얼마나 외로운지를 몰랐다. 엄마는 내게 오직 든든한 '엄마'였기에. 그래서 더 미안하고 마음이 아프다. 우울하고 두렵다. 아이처럼, 최근에는 과자를 드신다. 어느 날부터 엄마가 새우깡을 찾으신다. 먹어도 먹어도 맛있다고.

엄마의 새우깡, 바삭바삭 새우깡 부서지는 소리가 귓가에 아른거린다. 매일매일 기도한다. 지금처럼만 계시고 더디게 시간이 흘러주길. 그래서 조금 더 오래 그 모습 그대로 곁에 있어 주시길. 햇살을 좋아하는 엄마. 쏟아지는 햇빛, 말간 공기가 다 엄마에게로 갔으면. 엄마가 바라보는 세상에 밝은 햇살이 오래오래 쏟아졌으면. 지금처럼만 유지했으면.

얼마나 들을 수 있을까.

"햇살이 좋구나."

그렇게 말하는 엄마의 목소리를. 오래전에 김치찌개에 밥을 비벼 먹던 엄마의 모습이 떠오른다. 엄마를 태운 휠체어가 자꾸만 가벼워진다. 엄마는 작아진다. 은행잎처럼 가벼워진다. 작고 가벼운 몸으로 버티는 엄마를 바라보며 나는 약정의 무게로 엄마를 붙잡는다. 10년, 5년, 3년… 엄마는 반드시 내 소망을 지켜줄 거다. 엄마는 강하니까. 집으로 오는 한 걸음이 천 걸음 같다. 아! 그냥 막 눈물이 나…

자식을 위해 앞만 보고 열심히 살아온 엄마에게
쓸쓸한 바람 소리가 난다.
두툼하게 썰은 인절미를 자식 입에 넣어주며
'하하 호호' 웃던 날도 추억이 되고 있다.
머지않아 난 엄마의 가슴에 슬픔 맺힌
눈물로 흐를 것이다.
세상 그 어떤 향기가 엄마의 향기를 대신할 수 있을까.
바람에 띄운 내 그리움이
여윈 엄마의 어깨를 살며시 다독여주었으면…….

별일 없이 아침을 맞고
별일 없이 저녁을 맞이하는 것

나이가 들어서일까. 이제는 별일 없이 하루가 지나가는 게 행복이다. 최근 몇 년간 많은 것이 죽고 싶을 만큼 나를 괴롭혀댔다. 아무리 애써도 잘 넘어가지 않는 시간과 시간 사이에서 나는 열심히 발버둥쳤지만 속수무책으로 흔들렸다. 무너져 내리는 마음을 부둥켜안고, 따끔거리며 아파오는 가시밭길을 맨발로 걸었다. 평지로 건너와보니 발바닥은 피투성이였다. 피가 흐르는 줄도 모르고 멀고 긴 가시밭길을 홀로 건너왔다. 때로는 바람에 길을 물으며, 때로는 솔로몬의 명언 '이 또한 지나가리라(This, too, shall pass away)'에 기대며 가까스로 버텨냈다.

그래서, 그냥 되는 대로, 닥치는 대로, 아무렇게나 살고 싶을 때마다 나를 지켜줬던 것들은 그래도 가족이었고 내가 사랑하는 것들이었다. 가족 때문에 서운하고, 가족 때문에 힘들었어도 마지막 순간에는 가족의 힘, 내가 좋아하는 것들의 힘으로 버텨내고 일어선다. 내 아가, 내 어머니, 내 오빠, 내 동생, 내가 사랑하는 사람들. 그리고 나를 위로하던 수많은 책. 그들의 그림자 속에 숨어 기대어 울었다. 서운했다고, 힘들었다고, 고맙다고, 사랑한다고. 그렇게 속수무책이던 시간이 멀어져가고 다시 고요를 찾았다. 그렇게 파괴되었던 날들도 때가 되니 멀어져갔다.

다시 평온이 찾아왔다. 이 얼마만에 온 평온인가. 주르르 눈물이 흘러내렸다. 별일 없이 아침을 맞고, 별일 없이 저녁을 맞이하는 것이 행복이라는 걸 최근에 깨달았다. 버텨내서 다시 살았다. 아니, 소중한 것들이 나를 살렸다. 다시 나를 사랑하게 된다. 아니, 다시 그들을 사랑하게 된다. 더 단단하게, 더 몰입하며. 이제, 삶의 이유가 분명해졌다. 그러니까 잘 살아야 한다. 어제보다 조금 더. 그냥 대충 살지 말고. 실속 있게. 선명하게.

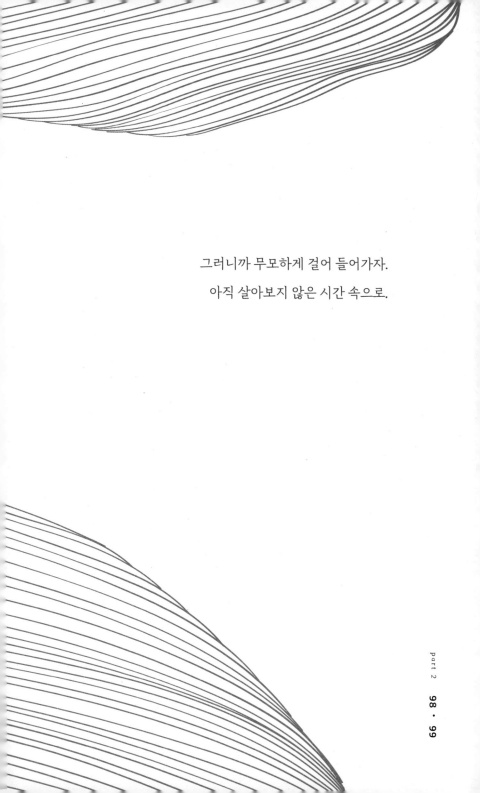

그러니까 무모하게 걸어 들어가자.

아직 살아보지 않은 시간 속으로.

삶의 무게를 견딘다는 것 〰〰〰〰〰〰〰

2년 동안 씨름한 원고를 드디어 출판사에 보냈다. 계약하고 꼬박 3년이 걸린 셈이다. 앓던 이가 쏙 빠진듯 홀가분하다. 그것도 잠시, 나에게 끝은 또 다른 시작이다. 퇴고 중인 다른 원고를 마무리해야 한다. 작가로 산다는 것은 늘 산 너머 산이다.

알베르 카뮈의 '시지프 신화'를 챙겨 지하철에 올랐다. 정독할 때는 조용한 집보다 조금 어수선한 지하철이 몰입이 잘된다. 이 책은 문학적 표현들로 이루어져 있지만 사실 철학서에 가깝다. 부조리한 세상을 살아가는 데 도움이 될까 싶어 다시 꺼내 들었다. 아니, 불확실이 만연한 현실 속에서 부조리의 감정을 느꼈을 때 어떤 선택을 해야 하는지 찾기 위해서다.

카뮈는 '부조리'라는 감정의 예시를 이렇게 정리한다. 굉장히 성실하고, 정직하게 살아온 한 사람이 어느 날 마을의 도둑으로 몰린다. 모든 사람이 하루아침에 그를 의심하고 불신할 뿐더러 아무리 결백을 주장해도 받아들여지지 않는다. 그렇게 그는 매일 마주하던 일상이 불편해지고, 평범했던 미래 또한 한순간에 불투명해졌다는 느낌을 받는다. 카뮈는 그것이 바로 '부조리'이며, 그를 '부조리한 인간'이라 명명한다.

카뮈의 시대에는 전쟁의 경험이 그랬지만, 지금은 사회의 잔인한 편견이 개인에게 부조리를 선사한다. 부조리로 인해 가로막히는 일은 허다하다. 학교생활이나 직장생활을 하면서 겪는 부당함도 흔하다.

그렇다면 부조리에 직면한 인간이 선택할 수 있는 것은 무엇일까? 카뮈는 우리가 부조리 속에서 살아가야 함은 어쩔 수 없다고 말한다. 다만 항상 그것을 자각함으로써 부조리를 회피할 수도 있고, 회피하지 않을 수도 있다는 것이다. 부조리는 우리가 이에 굴하지 않는다는 데서 의미를 갖는다. 카뮈는 부조리와 투쟁하는 이 의식의 공간을 사막 한가운데로 비유하며, 집요함과 통찰력으로 살아남아 버텨야 한다고 했다. 작가가 지향하고자 하는 것은 부조리를 회피하지 않고 그 안에 남아 있는 것이다.

그는 부조리를 회피하는 방법으로 종교나 형이상학 등 비약에 기대는 방법과 함께 육체적 혹은 정신적으로 자살을 택하는 것 또한 논했다. 그리고 신들의 노여움을 사 끝없이 바위를 언덕 위로 밀어 올리는 형벌을 받은 '시시포스(Sisyphus)'의 신화를 인용하며 이렇게 끝을 맺었다.

"산정(山頂)을 향한 투쟁 그 자체는
인간의 마음을 가득 채우기에 충분하다.
행복한 시시포스를 마음속에 그려보지 않으면
안 된다."

시시포스는 신을 모독한 벌로 평생 커다란 바위를 산꼭대기로 밀어 올리는 일을 반복한다. 온 힘을 다해 바위를 꼭대기까지 밀어 올리면, 이내 바위는 다시 굴러 내려가고, 그는 다시 처음부터 시작해야 한다. 그가 다시 바위를 굴린다고 해도 그의 미래가 나아질 가능성은 보이지 않는다. 그의 운명은 본질적으로 부조리하다. 하지만 이러한 부조리 속에서도 그가 살아갈 수 있는 원천은 자신을 둘러싼 부조리를 인식하면서 그에 대항하는 자신의 태도를 잃지 않고 있기 때문이다. 그러니까 세상의 부조리에 맞서 물러서지 않고 매 순간 그 자체를 인식하며 살아야 한다.

고난은 공동체의 이름으로 범주화되고 공론화된다. 운명은 서로 다른 경험을 한 이들 사이에서 작용하고 있으며, 고난이 가진 의미는 각각의 인간에게 서로 다르게 나타난다. 자신의 부조리를 오롯이 응시할 수 있는 사람은 본인뿐이다. 사회나 공동체의 힘만으로는 해결되지 않는다. 결국 자신의 상황을 스스로 직시하고 이에 끝까지 대항하는 태도가 필요하다.

험한 세상을 헤쳐나가는 방법에는 두 가지가 있다. 하나는 세상을 변화시키는 것이고, 다른 하나는 세상을 바라보는 나의 태도를 바꾸는 것이다. 세상을 바꾸는 것은 공동체의 집단적 행동으로 이루어진다. 나와 네가 의기투합하여 집단적인 합의를 형성하고, 법적 절차를 통해 변화를 끌어낼 수가 있다. 이러한 차원의 변화들이 주목을 받게 되고, 불합리한 현실이 언론에서 다루어지면서, 궁극적으로 사람들의 입에 오르내리다 보면 사회 구성원들의 태도가 달라진다.

허나 이것만으로 개인이 세상의 무게를 견딜 수는 없다. 사회적 보호망은 나의 경험들로부터 비롯된 성격이나 트라우마에까지 개입하며 나를 보호해주지는 않는다. 항상 나와, 나를 둘러싼 세계와, 내 운명을 직시하며, 스스로가 감당해야 할 몫이다. 늘 나를 둘러싼 세상과 현재 나의 상태를 파악하며 내 몫을 찾아야 한다. 그렇게 나와 사회, 국가 모두가 제 역할을 해야 부조리는 줄어들고 자살로 이어지는 것도 막을 수가 있다.

어쨌든 사회의 역할과 나의 역량이 최고가 되어 나에게 주어진 운명에 대항할 수 있었으면 좋겠다. 운명의 무게에 압도되어 세상을 포기하는 일이 없으면 좋겠다.

흐려지는 기억 속에서도
끝없이 부활하는 것

돌아가신 아버지가 꿈에 보였다.

꿈에서 반복되는 장면은 중학생 무렵 어느 일상의 한 부분이었다. 공무원이셨던 아버지는 애주가셨다. 밤늦도록 거나하게 술을 드셨다. 아버지의 퇴근 소식은 골목에서부터 시작되었다. '아빠의 청춘' 노랫말이 들려오면 아버지가 골목쯤에 도착했다는 신호였다. 엄마를 비롯해서 오빠와 나, 그리고 동생은 현관 앞에 한 줄로 서서 아버지를 마중했다. 모두가 큰소리로 합창을 했다.

"아버지 잘 다녀오셨습니까!"

아버지는 자식들이 다 있는지 눈으로 확인하시곤 "그래, 내 새끼들!" 하고 소리치셨다. 술 취한 아버지를 엄마와 오빠가 부축을 해서 이부자리에 눕히면, 아버지는 코를 골며 세상모르게 잠드셨다. 간혹 뭉개지는 콧노래가 들렸다.

내게는 세상 그 어떤 것보다도 커다란 아버지인데, 왜 이렇게 술을 드실까. 못마땅한 적도 많았다. 그러나 내가 학교를 졸업하고 직장생활을 하다 보니 아버지의 마음을 이해할 수 있었다. 위에서 치이고, 밑에서 치고 올라오고, 그래서 더 외롭고 고단한 것이 아니었을까. 그만두자니 자식들이 눈에 밟히고, 계속하자니 내 몸이 만신창이가 되고 그랬던 것 같다. 내 한 몸으로 여러 명의 가족을 지켜내야 한다는 책임, 감당해야 할 의무, 그런 것들이 너무 버거웠을 것이다. 삶의 무게가 아버지의 작은 어깨를 짓눌러 힘들었을 것이다.

세상의 아버지와 자식은 서로 멀어지고 나서야 화해하고 용서한다. 아버지는 자식을 용서하기 전에 세상을 떠나고, 자식은 그 후에야 화해하는 법을 배운다. 어쩌면 그런 식으로 서로 어긋나기에, 화해와 용서는 미완의 숙제로 남는 게 아닐까.

시간의 궤 속에 밀봉되어 어느 때나 펼쳐볼 수 있는 것은 가족이라는 아름다운 인연, 아버지는 떠나고 없지만 '아빠의 청춘'은 서늘한 가을밤에 고정되어, 흐려지는 기억 속에서도 끝없이 부활하고 있다.

내 아이를 위한 기도

신은 정말 있는 걸까?
법당에 들어선 순간 심장이 두근거린다.

나를 흔들어 깨우던 목탁 소리, 푸른 물빛을 물들이던 일몰의 낮은 몸부림, 바람 아래 아무도 없던 산사의 적요는, 숨어 우는 욕망까지 끌어내어 자근자근 삼키고 있다. 해풍에 하늘거리는 보랏빛 해당화, 폴폴 날아들어 바다 품에 안기는 아름다움의 일몰. 어디선가 들려오는 백색 바람 소리. 숨 쉬는 세포 모두가 열려, 애틋한 그 이름을 불렀다. 가장 소중한 그 이름을 불렀다. 아이를 위하여, 내 아이를 위하여.

아프도록 절한다. 108배를 시작했다. 왜 이렇게 눈물이 날까. 일어서고, 앉고, 절하고. 또 일어서고, 앉고, 절하고. 그렇게 108번, 눈물이 전신을 타고 흘렀다. 두 손을 모으고 절박하게 기도했다. 기도에 충실할수록 눈물만 흐르고 아프게 다가오는 사람, 미안하고, 또 미안한 사람, 고맙고 또 고마운 사람, 내 아이를 위하여! 나는 간절하고 절박하다. 내 소망을 참회하며 빈다. 깊은 곳에 홀로 남아 절절히 빌고 있다. 그러니, 님이시여, 제발 이 먹먹한 참회의 기도를 받아주시길.

님이시여!

못된 저를 벌하여주소서.

나의 부질없는 이기심 때문에 아이가 울었습니다.

나의 별일 없는 욕망 때문에 아이가 많이 힘들었습니다.

돌이켜 참회하며 그 모든 것을 다 내려놓습니다.

님이시여!

내 아이 아프게 하지 마소서.

맑은 웃음으로 살게 하소서.

큰 것을 바라지 않으니,

아이가 바라는 것은 다 허락하소서.

제발, 아이가 살면서 스스로 이뤄낸 것들,

그가 소중하게 여기는 것들,

그가 죽도록 사랑하는 것들,

그래서 몸부림치며 지켜내려 하는 것들,

빼앗지 말아주소서.

내 것을 다 가져가도 좋으니,

제발, 아이의 것은 지켜주소서.

착하고 순순한 내 아이를 보호해주소서.

님이시여!

사악한 유혹을 물리치게 하소서.

내 아이를 시험하지 마소서.

마음이 약해질 때 잘 분별하게 이끌어주소서.

세상이 두려울 때 스스로를 잃지 않는 용기를 주소서.

정직한 패배에 부끄러워하지 않게 하소서.

승리에 겸손하며 온유하게 하소서.

곤란과 고통 속에서 항거할 줄 알게 하소서.

폭우 속에서도 꿋꿋이 일어서게 하소서.

참으로 소중한 것은 가장 소박한 것이며

멀리 있지 않고 주변에 있다는 것을 깨닫게 하소서.

무엇보다 스스로를 가장 많이 사랑하게 하소서.

님이시여!

이렇게 아이가 건강하게 내 앞에 있는 것만으로 감사합니다.

아이에게 정성을 다하는 엄마가 되겠습니다.

어떤 날이 와도 내 아이만을 꼭 지키겠습니다.

내 아이를 어여삐 여기시고 사랑해주소서.

내 아이를 끝까지 보호해주소서.

고독은 나와 마주하는 일 ───────〰〰〰〰〰〰

중요한 약속이 있어서인지 벌써부터 긴장되고 입맛이 없다.
입안이 깔깔하다. 새벽부터 부산스러운 일요일, 녹차 한 모금
으로 마음을 안정시킨다. 억지로. 가뜩이나 불안한데 이웃집
강아지는 뭐가 못마땅한지 새벽부터 멍멍 짖는다.

겨울비라도 쏟아졌으면. 소복소복 함박눈이라도 내려 온
세상을 하얗게 덮었으면. 눈 내릴 기미도 없는데 첫눈을 기
다리는 새벽, 기대와 가능성은 다른 거니까. 세상이 확률로만
움직이면 얼마나 삭막할까.

고독은 매일 나와 마주하는 일. 그러니까 견뎌야지. 버텨야지. 차라리 혼자 있어서 홀가분한 이 고독. 고독 아닌 것들은 하나하나 마음 밖으로 내보내야지. 어쩌겠어, 고독을 삶으로 견디는 게 삶이니까. 고독은 나와 마주하는 일상인데 뭘 겁내고 두려워해. 까짓것 별일 있겠어? 겁내지 마. 비겁하게 피하지도 마. 부딪쳐보는 거지. 인생이 별거야? 거기서 거기지, 뭐! 겁내지 마. 비겁하게 피하지도 마. 고독이 운명이라면, 결핍이 숙명이라면 받아들여야지.

"어느 날 운명이 찾아와 나에게 말을 붙이고
내가 네 운명이란다,
그동안 내가 맘에 들었니, 라고 묻는다면
나는 조용히 그를 끌어안고 오래 있을 거야."

- 한강, 서시

마흔 즈음에

열, 스물, 서른, 마흔, 쉰, 예순, 일흔, 여든, 아흔…
공자는 마흔을 불혹(不惑)이라 했고,
그것은 '사소한 것에 현혹되지 않는다'는 뜻이다.

80세를 산다고 가정했을 때 분명 마흔은 인생의 전환점이다. 한 번쯤 마흔 즈음에 유혹과 애증에 시달리거나 휘청인다. 또 아프기도 할 나이다. 그러니까 인간의 생로병사를 가장 선명하게 말해주는 나이가 마흔이다.

내게 마흔은 이미 오래전 일이라 아슴하지만 나 역시 마흔 앓이를 심하게 했다. 처음으로 아프기도 했고, 삶이 송두리째 흔들리는 경험도 했다. 육체적으로 건강의 정점을 찍는 나이는 서른 초반이고 그 이후부터는 서서히 노화가 진행되다가 마흔이 되면 여러 가지 질환들이 생긴다. 허리도 아프고, 두통도 찾아오고, 속도 쓰리다. 심한 경우에는 고혈압, 당뇨와 같은 성인병도 시작된다. 그뿐인가? 어깨, 무릎이 아프고 극심한 스트레스로 불면증에 시달리기도 한다. 가정에서나 직장에서나 책임이 가장 무거운 시기가 마흔 즈음이니 안 아플 수가 없다. 마흔 앓이의 시작은 몸부터 찾아와서 영혼까지 병들게 한다. 몸이 아프니까 우울해지고 일이 뜻대로 안되니까 마음도 위축된다.

감기에 걸리면 약 먹고 땀 한 번 내면 낫고, 술을 많이 마셔도 해장국 한 그릇이면 괜찮아지던 것이 마흔에는 더 이상 통하지 않는다. 해야 할 일은 많은데 몸은 자꾸 이상신호를 보내오고 행동도 예전 같지 않다. 동시다발적으로 찾아오는 이상신호 때문에 당황스럽다. 그러니까 '쿵' 하면서 무너져 내리는 강렬함은 그 어느 때와 비교할 수가 없다. 그러니 몸과 마음이 이전과 다르다는 사실을 받아들이고 나이에 맞는 것들로 채워야 한다. 음식도 가려먹고 운동도 하면서.

가장 중요한 건 분수에 맞지 않는 욕망은 다 내려놓고 감당할 수 있는 것만 끌어안는 것이다. 아프고 나니까 저절로 그렇게 되더라. '내 것'과 '남의 것'을 분명하게 가리게 되더라. 욕망이 줄어들고 단순해지더라. 해야 할 일, 하지 말아야 할 일이 분명히 가려지더라. 마흔을 잘 살아야 노년도 평화로울 수 있다.

이룬 건 하나 없는데, 어쩌다 마흔이 되면 몸과 마음이 지칠 수밖에 없다. 그래서 유독 '서른 즈음에' 노래가 사랑받고, 고은 시인의 시 '그 꽃'이 찌릿 가슴을 파고드는지도 모르겠다. 스물, 서른에는 보이지 않던 것들이 마흔이 되면 보이기 시작한다. 가정에서나 사회에서나 나의 '존재감'을 느끼게 된다. 세상 속에서 나의 '존재감'을 깨닫게 된다. 그러면서 '어떻게 살아갈 것인가'를 진지하게 고민하게 되는 것이다. 충분히 고민하고 나면 음식이든, 운동이든, 욕망이든 나에게 어울리고 꼭 맞는 편안한 것들이 눈에 들어온다. 물론 처음에는 어색하다. 길들이고 편안해지면서 마흔 앓이도 서서히 지나간다. 미완성에서 조금 더 '나답게' 성숙해진다.

이 세상에 누구도 완전히 준비된 채로 나이를 먹는 사람은 없다. 누구의 생이든 미완성으로 시작해서 미완성으로 끝나니까. 다만 많이 행복을 느끼고, 적게 행복을 느낄 뿐. 내가 많이 뿌듯하고, 많이 후회하는 것에 따라 성취감이나 만족감도 달라진다. 이룬 것, 이루지 못한 것을 느낄 뿐 아니라 보게 된다. 주변인들과 비교하면서. 그러면서 나는 무엇을 위해 살았는지 또 앞으로는 무엇을 위해 살아야 하는지 스스로에게 묻게 된다. 그 답이 무엇이든 그것이 존재하는 곳을 향해 한 걸음 나아간다. 속도보다는 방향을 찾아가려고 애를 쓴다. 그렇게 진짜 인생이 시작되는 시기가 마흔이다.

누구나 젊고, 잘나갈 때는 앞만 보며 달려간다. 누군가 앞을 가로막고 서서 '이건 잘못됐다'고 말해줘도 귀에 들어오지도 않고, 좌충우돌 돌진한다. 마흔 즈음이 되면 한두 번의 실패를 경험한 채로 생의 갈림길에 선다. 무엇을 하든 '옳고 그름'이 선명하게 눈에 들어온다. 나는 잘 살고 있는 걸까? 나는 누구인가? 를 진지하게 사유하며 고민한다.

나의 마흔 즈음을 돌아보면 너무 거대한 산을 선택해서 정상까지 오르지도 못하고 미끄러지기 일쑤였다. 넘어지고 떨어져서 다쳤다. 어떤 산은 너무 아름다워 정상까지 올랐지만 오르고 보니 먼저 도착한 이가 있어 잠시 품었다가 내려놓아야 했다. 가장 아름다운 것을 보면서도 품을 수 없을 때의 상실감, 자괴감은 너무 컸으니까. 그때 처음으로 세상은 내 뜻이 아닌 거대한 중력에 의해 움직인다는 것을 깨달았다.

산이 높으면 높을수록 골짜기 또한 깊어진다.
삶 또한 마찬가지다.
예기치 못한 고난이 밀려오는가 하면,
또 언제 그랬냐는 듯
기쁨과 행운이 곁을 맴돌기도 한다.
삶의 굴곡을 마주하고 이겨내는 일은
누구나 마찬가지다.
그러나 경험만으로는 고통을
온전히 받아들이기는 힘들다.
위대한 인물이 고난과 시련을 어떻게 이겨냈는지를
살펴본다면
어두운 현실 속에서 희망을 찾아낼 수도 있다.

인생을 산을 오르는 것으로 본다면 마흔 즈음에는 내가 오를 수 있는 산, 내가 오를 수 없는 산이 분명하게 보인다. 무엇보다도 중요한 건 내가 오를 수 있는 산을 정확하게 선택해야 산을 오르면서 즐길 수가 있다는 것이다. 한곳을 향해 충실히, 더 진실하게, 더 깊게 파고들어야 할 나이가 마흔이다. 그렇게 경험을 바탕으로 완성해야 한다. 그러니까 마흔은 분명 다시 꿈을 꾸거나 꿈을 완성할 나이다. 그 꿈은 아무것도 몰랐던 젊은 시절의 꿈과는 다르다. 그동안 오로지 가족만을 위해 무리해서 '죽기 아니면 살기'로 달렸다면, 이제는 느긋하게 나 자신을 돌아보면서 가야 한다.

돌아보면 꿈, 성공, 행복이라는 아름다운 명사를 써놓고 실컷 웃던 나이도 마흔이었고, 숨어 울 곳을 찾아 소리 내어 울던 때도 마흔 즈음이었다. 지나간 마흔을 돌아보면 꼭 한 뼘이 모자라 놓쳐버린 것들이 너무나 많았다. 내 손에 닿지 않아 아쉬웠지만 또 그 한 뼘을 찾아 기필코 닿기 위해 정성을 다했다. 마흔을 어떻게 사느냐에 따라 나를 바꾸고, 가족을 바꾸고, 세상을 바꿀 수가 있다. 마흔의 권력도 내가 하기 나름이다.

그러니까 놓친 꿈들을 후회하기보다는 지금 여기, 내 앞에 멈춘 것들을 위해 살면 그만이다. 아름다운 현재를 놓치지 않으면 된다. 어제보다 오늘 더 잘 살면 된다. 가끔은 잠시 멈춰 서서 숨을 고르며 나를 위한 시간을 가지면 된다. 결과가 어찌 됐든 충분히 수고했다고 칭찬하면 된다. 내가 지금, 여기, 이렇게 일하면서 살아간다는 것에 감사하면 된다. 다른 누구가 아닌 나 자신에게 가장 먼저 감사하자. 쉬지 않고 글을 쓴 나에게 패랭이꽃을 선물하자. 가끔은 꽃의 향기를 맡는 것도 중요하다.

　아름다웠던 청춘은 떠났지만 여전히 바람은 불고 햇살은 부서진다. 느껴지는 공기가 달달하니 참 좋다. 두 번째 스무 살이 빛을 품는다. 멈추어 서서 외치자. '반짝여라, 두 번째 스무 살.' 당당히 응원하자. 나의 마흔을. 많이 힘들고, 지쳐도 잘 버텨냈으니까. 앞으로도 더 잘 살 거니까. 아낌없이 박수를 치자. 그 어딘가에 숨어 나를 기다리는 최고의 봄날을 향해 어서 가자.

모두 특급 열차를 타고
어디론가 가기는 하지만,
자기들이 무엇을 찾고 있는지조차 모르고 있어.
그래서 어쩔 줄 모르고 빙빙 돌고 있는 거야.

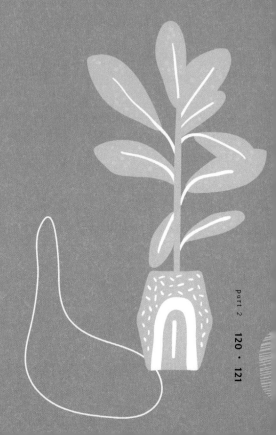

어린 왕자는
오래도록 내게 말을 걸었다 ~~~~~~~~~~~~~~

얼마 전 인터넷 커뮤니티에 짠한 동영상 하나가 올라왔다. 서울 근교의 한 편의점에서 있었던 일이다. 밤 11시가 넘은 시각, 40대로 보이는 한 남자가 7살 아이와 편의점에 들어왔다. 한참을 두리번거리던 남자는 카운터에 다가가더니 이렇게 물었다.

"혹시 폐기하는 빵이나 도시락 있나요?"

주인은 빵과 우유를 몇 개 챙겨주며, 혹시 맛이 이상하면 먹지 말라고 당부했다. 남자는 고맙다며 연신 머리를 숙였다. 가게를 나간 둘은 한편에 서서 빵과 우유를 함께 먹었다. 그 영상을 보며 내내 마음이 짠해 한동안 눈을 감았다. 돈 때문이든, 사람 때문이든 살다 보면 힘든 때가 있다.

서점에 갔다. 무수한 책에 둘러싸여 걷다 보면 어제 죽은 이들이 내게 말을 건다. 토닥이기도 하고, 견뎌 이겨내라고 소리치기도 하고, 조근조근 방향을 알려주기도 한다. 또 어떤 책은 흐릿해지는 감성을 일깨워준다. 김소월, 박경리, 기형도, 비스와바 쉼보르스카, 생텍쥐페리, 무라카미 하루키, 마리아 라이너 릴케, 프랑수아즈 사강, 소크라테스, 쇼팽, 고흐까지.

오늘은 그중에 프랑스 작가 생텍쥐페리의 '어린 왕자'가 나에게 긴 대화를 청했다. 몇 시간을 여러 책을 펼쳐 읽고 나니 우울했던 마음이 가라앉았다. 가을이 깊어가면서 방 안으로 들어오는 햇살이 넓어졌다. 의자에 앉으니 내 그림자가 먼저 누웠다. 내 그림자에 갇혀 아까 서점에서 만났던 생텍쥐페리의 '어린 왕자'를 다시 꺼냈다. 봉지커피를 머그잔에 타 홀짝홀짝 마시며 '어린 왕자'를 읽기 시작했다. 수십 년 전에 산 책에서는 푸른 곰팡이 냄새가 났다.

그때 나는 무슨 생각을 하며 이 책을 샀는지, 하필이면 왜 이 책이었는지. 책갈피 속 빛바랜 흑백사진, 잘 마른 은행잎이 젊은 날의 내 마음을 다시 소환했다.

"한때 어린이였던 모든 어른이
자신도 어린이였다는 사실을 잊은 채,
자기들의 논리를 받아들이도록 강요해온
어른들의 세계가 어떤 것인지에 대해
깊이 있는 질문을 했다."

첫 장을 펼치니 옮긴이가 적은 서문부터 묵직했다. 투명한
햇살 사이에 책을 올려놓고 곰곰 생각에 잠겼다. 생텍쥐페리는
1943년 미국에서 이 소설을 발표했다. 그는 '어린 왕자'를 추위
와 굶주림에 떨고 있는 친구를 위로하기 위해 썼다고 했다. 그
의 말처럼 나 또한 위로를 받았다. 글을 쓰거나 비유를 할 때 책
속 구절이나 명대사를 적절하게 인용하여 문장을 풍요롭게 만
들기도 했다. 새끼가 어미의 살을 파먹듯 나에게 이로운 문장
만 찾았다. 그리고 지금, 다시 꺼내 읽으니 부끄러웠다.

'어린 왕자'에는 주옥같은 문장이 참 많다.

"네가 4시에 온다면 3시부터 마음이 설렐 거야. 네가 길들인 것에 대해서는 언제나 책임을 져야 해. 사막이 아름다운 건 어딘가에 우물을 숨기고 있기 때문이야."

젊은 날에는 이 문장을 읽고 아름다운 사랑과 인간관계에 대해 막연한 희망을 품었다면, 20년이 훌쩍 지난 지금에는 현실적으로 와닿았다. '정신 똑바로 차리자, 진실한 나를 찾자'는 명령어로 다가왔다. 또 좋은 구절이 있다.

"가장 소중한 것은 눈에 보이지 않아. 네 장미꽃을 그렇게 소중하게 만든 것은 그 꽃을 위해 소비한 시간 때문이야. 찾고 있는 것은 단 한 송이 장미꽃 속에서도, 아주 작은 물에서도 찾을 수 있어."

오늘 따라 '간절하고 소중한 것은 눈에 보이지 않아 마음으로 보아야 한다'는 말이 심장에 콕 박혔다. 마음으로 본다는 말은 이제 생각해보니, 거짓 없이 순순한 마음으로, 내 마음을 활짝 열고 자세히 본다는 의미였다. 지금에서야 이 구절이 이토록 아픈 이유는 뭘까? 조금만 더 일찍 깨달았다면… 바쁘다는 이유로 가장 소중한 것들을 뒤로 미루거나 소홀히 대했다. 마치 '어린 왕자'가 내게 질책하듯 뼈에 사무쳤다. 후회해본들 이미 지나간 일이었다.

소혹성 B612에는 어린 왕자의 장미꽃이 있다. 귀찮은 바오밥나무 사이에서 장미꽃은 어린 왕자의 보살핌을 받으며 자랐다. 여행 도중에 만난 여우는 어린 왕자에게 이렇게 말했다.

"네가 길들인 것에 대해서는 책임을 져야 해. 넌 네 장미에 대해 책임이 있는 거야."

이 대목에서는 내가 길들인 나의 가족에 대한 별별 기억들이 별처럼 무수히 쏟아져 내렸다. 길들임에는 정성뿐만 아니라 희생도 필요하다. 때로는 수천 번 눈물을 쏟아야 한다. 내가 길들인 내 가족을 위해 모자람 없이 성실했는가? 책임을 다해왔는가? 정성을 다해왔는가? 어느새 스스로에게 따지듯 되묻고 있었다.

어린 왕자는 여섯 개의 별을 만났다. 첫 번째는 명령만 하는 왕이 사는 별, 두 번째는 남의 박수만을 바라는 허영가의 별, 세 번째는 계속 술을 마시는 주정뱅이의 별, 네 번째는 우주의 별이 모두 자기 것이라며 숫자를 세는 상인의 별, 다섯 번째는 1분마다 한 번씩 가로등을 켜고 끄는 점등인의 별, 여섯 번째는 자기가 사는 별도 다 돌아보지 못한 지리학자의 별이다.

어린 왕자는 그중에서 유일하게 가로등을 켜는 사람과 친구가 되길 바랐다. 미련하도록 성실했기 때문일까? 어린 왕자가 별에서 만난 이들은 마치 내 주변에서 오늘을 살고 있는 것 같다. 안전 불감증과 탁상공론이 만연한 모순의 사회, 타인에 대한 배려는 없고 인정만 받으려는 배타적 외로움, 가진 것에 대한 집착과 욕망, 인정받기 위해 본질보다는 화려한 겉모습에 집착하는 지금 우리의 모습이었다.

책을 덮는 순간 밀물처럼 많은 생각이 밀려들었다. 어른이 된 지금, 순수하게 무언가를 좋아하고 그를 위해 내 전부를 거는 일은 쉽지 않다. 눈금을 재고, 무게를 달고, 이것저것 수없이 헤아리기에 순수한 때로 돌아가기는 어렵다. 다만 그때의 기억을 자주 회상하며 메마른 감성을 촉촉하게 적셔줄 수는 있다. 생각해보면 내 것으로 길들인다는 건 많은 것을 내놓아야 가능하다. 돈과 시간과 노력과 정성 그리고 눈물, 마음, 심지어 목숨까지 걸어야 할 때도 있는 것이다.

그럼에도 그렇게 하는 이가 있다. 전부를 걸어도 완전한 내 것은 없는데… 내 것이라는 착각이겠지만. 이유는 단 하나다. 내 맘속에 기댈 수 있는 사막 여우와 같은 친구를 얻기 위해서. 아니면 지켜주고 싶은 장미꽃 같은 존재를 얻기 위해서. 나의 어린 시절을 잊지 않게 해주는 친구를 얻기 위해서.

나는 언제까지 어린이였을까? 지금은 어떤 어른으로 살고 있을까? 책을 읽는 내내 누군가 나에게 회초리를 내미는 것 같았다. 냉정하고도 잔인하게. 나도 모르게 머릿속에서 우유와 빵을 얻으러 편의점에 왔던 남자와 아이 그리고 젊은 날 서툰 인간관계 때문에 사직서를 가방에 품고 다녔던 나, 간절하고 소중한 것을 되새기게 한 어린 왕자. 여러 모습이 뒤섞이면서 뜨거운 눈물이 흘러내렸다. 무엇을 하다, 어떤 연유로 편의점에 들어가 빵을 얻으려 했는지, 나는 왜 사직서를 가방에 넣고 다니면서 몇 년을 고민했는지. 어쩌면 둘 다 버텨보려고, 살아보려고, 몸부림치던 절박한 시그널이 아니었을까?

어린 왕자는 오래도록 내게 말을 걸었다. 답변보다는 침묵으로 알게 한 것이 많았다. 좀 더 선명한 대답을 위해 이제부터라도 마음을 열어야겠다. 그것도 활짝 열어야겠다. 나는 누군가에게 어떤 존재일까? 서툰 관계였던 사람은 누구일까? 밤하늘을 올려다보며 다시 약속했다. 과거를 살아가거나 미래를 사는 것이 아닌 지금을 살자고.

두 번은 없다.
지금도 그렇고 앞으로도 그럴 것이다.
그러므로 우리는
아무런 연습 없이 태어나서
아무런 훈련 없이 죽는다.
(…)
힘겨운 나날들, 무엇 때문에 너는
쓸데없는 불안으로 두려워하는가.
너는 존재한다– 그러므로 사라질 것이다.
너는 사라진다– 그러므로 아름답다.
(…)

폴란드 시인 비스와바 쉼보르스카가 외쳤듯이 두 번은 없다. 삶이란 누구에게나 공평하게 불안정한 것이다. 흔들리고, 방황하고, 실패할지라도 계속 움직여야 한다. 지금 이 모든 순간은 처음인 동시에 마지막이다. 다시 돌아오지 않는다. 어린 왕자의 소혹성 B612처럼, 인생이라는 학교는 배움의 천국이다. 모두가 스승이다. 그러니까 모두에게 배우며 감사하자. 매 순간의 모든 하루가 모여 내 인생이 되니까. 내 삶의 가치관 'Here & Now(지금, 여기)'에서 반드시 깨어 있자.

멀리 있는 그리움

> 나는 언 강을 수천 번 미끄러지며
> 홀로 강을 건넜다.

온갖 풍파를 다 겪고 보니 달콤하고 강렬했던 순간도 오랜 감동으로 남지 않는다. 기쁨의 순간은 강줄기에 띄엄띄엄 떠 있는 조각배처럼 가끔 찾아올 뿐만 아니라 너무나 짧아서 내 인생의 조각이라 말하기도 어렵다. 내가 가슴에 품었던 행복은 결코 이렇게 한순간에 사라져버리는 것이 아니었다.

나는 단순하면서도 영원한 것을 꿈꾸었다. 글을 쓰는 것도, 사랑을 하는 것도, 사람을 만나는 것도, 나는 영원하기를 바랐다. 시간이 지날수록 그 매력이 점점 더해져 최고의 경지로 이끌어주리라 기대했다. 그러나 내가 바라는 것들은 계속해서 흘러가며 변해갔다. 과거가 아닌 현재를 살고 있지만 나는 이미 지나가버린 과거를 그리워하고, 아직 오지 않은 미래를 바라보고 있었다. 모두 예정된 순서에 따라 흘러가는 것이었다. 그러니까 만족스러운 것들도 내가 만들어야 했다. 그것이 인생이 내게 준 몫이었다.

그리운 것들은 언제나 멀리 있다. 내가 사랑했던 순간들, 사랑했던 사람, 사랑했던 일들은 시간이 흐를수록 멀어진다. 그 빈자리를 짜릿하고 강렬한 즐거움이 채울 때도 있지만 오래가지 못한다. 가장 강렬했던 기쁨의 순간도 내가 꿈꾸던 것들이 아니기에. 이제는 바란다. 아무런 색깔도 없는, 냄새도 없는 공기와 같은 순간이 지속되기를 간절히 바란다.

시간이 흐를수록 불안하고 공허할 때, 무언가를 얻으려고 욕심을 부릴 때, 가진 것을 잃을까 노심초사할 때, 마음은 계속해서 흔들린다. 이런 마음을 안고 사는 내가 안타깝다. 눈앞에 목표가 있어야 인생의 방향을 잃지 않는다. 목표지점에 도착하느냐, 하지 못하느냐는 사실 그렇게 중요한 문제가 아니다. 목표를 향해 나아가는 과정, 그 속에서 만들어지는 사랑, 성취감, 행복, 열정이 살아갈 이유다.

이제는 살아갈 의미가 되는 것들을 꼭 붙들어야겠다. 그래야 더 늙어도 외롭지 않을 테니까. 지금보다 더 열심히 글을 써야겠다. 지금보다 더 많은 사랑을 베풀어야겠다. 희생을 요구한다 해도 그래야 한다. 일상 속에서 기쁨을 발견하는 것, 그것이 멀리 있는 그리움이니까.

님이시여!

매일 아침 잠자리에서 일어날 때 미소 짓게 하소서.

밥과 김치, 고등어를 먹으며 감사하게 하소서.

밝은 햇빛이 비치는 자작나무 숲길을 자주 걷게 해주소서.

마주하는 사람에게 미소와 사랑으로 대하게 하소서.

친절하고 예의 바른 사람이 되게 하소서.

경건한 마음으로 글을 쓰게 하소서.

헛된 욕심을 잡으려 하거든 따끔히 채찍질해주소서.

어떤 일이 닥치더라도 견뎌낼 지혜를 주소서.

피곤과 기쁨의 이중주를 들으며 곤히 잠들게 하소서.

두 글자로 된 가장 좋은 말, '평범'을 누리게 하소서.

그런 시간을 당분간 허락해주소서.

기회의 꽃

짙은 향기 뿜으며 바람과 춤추는

6월의 장미꽃이 유난히 빨갛다.

새빨간 꽃을 피우기 위해 장미나무는

빙하의 시간을 홀로 버틴다.

짙고 선명한 자신만의 꽃을 피우기 위해.

기회라는 것이 그렇다. 오아시스를 기대하며 사하라 사막을 건너는 여행이라 할까. 어쨌든 기회는 신비로운 꽃이다. 그 꽃은 어떤 사람을 좋아할까. 혹독한 시간을 홀로 버티며, 남보다 일찍 일어나 호기심을 가지고, 부지런히 움직이는 사람이다. 하나에 미쳐 정성을 다하여 몰입하는 사람이다. '안 될 거야, 나는 못 해'라는 부정적인 생각보다 '잘될 거야, 나는 할 수 있어'라는 긍정적인 생각을 가진 사람이다.

기회가 왔는데도 '이건 나에게 맞지 않아, 너무 힘들 것 같아. 조금 있다가 하지 뭐'라며 이런저런 핑계나 이유를 대고 미루거나 포기하는 사람은 좋아하지 않는다. 땀을 흘리며 묵묵히 꿋꿋이 해내는 사람을 좋아한다. 실패해도 다시 시작하는 사람을 좋아한다. '해볼까?'보다 '내가 해야지'라며 용기 있게 실천하는 사람을 좋아한다. 물론 실천하면 자신감도 늘어나고 욕심도 생긴다. 아무리 힘들어도 단단한 자신감과 꿋꿋한 용기가 있으면 된다.

그렇다면 기회라는 꽃은 언제, 어디서, 어떻게 만날 수 있을까. 곰곰이 생각해보면 기회는 평범한 것을 좋아하지 않는다. 그것과 마주한 사람의 얘기를 들어보면 대부분 용기 있게 도전했지만 수없이 실패한 이력이 있다. 그렇게 기회에 닿기까지 온몸은 피투성이가 된다. 쉽게 말하자면 호랑이 굴 속에서 허우적거리다가 기회의 꽃을 만난다는 것이다.

호랑이 굴 속에 들어가면 선택의 여지가 없다. 먹잇감이 되거나 죽도록 싸워서 빠져나오거나 두 가지다. 이때 필요한 것이 빠른 판단을 내릴 수 있는 지혜다. 용기는 자신감에서 시작하지만 지혜는 풍부한 경험에서 비롯한다.

기회라는 꽃은 다르게 핀다. 학생은 성적으로, 취준생은 취업으로, 직장인은 승진으로, 산모가 건강히 아이를 낳는 것, 환자는 건강히 일상으로 돌아가는 것, 건설업자는 입찰에 성공하는 것, 모두가 일상에서 마주하는 기회의 꽃이다. 기회의 꽃은 아무 데서나 함부로 피지 않는다. 어려운 역경을 극복해야 결정적인 한 방이 찾아온다. 기회라는 꽃은 언제나, 어디에서나 자라고 있다. 다만 모르고 지나치거나 내 것이 아니라는 생각에 놓칠 뿐이다. 기회를 만나 성취하는 것에 정해진 답은 없다. 기회는 함부로 오지 않는다. 다시 오지 않을 기회는 스스로 만들어내는 것이다.

정호승 시인의 시 '꽃을 보려면'에는 이런 시구가 있다.

"꽃씨 속에 숨어 있는 꽃을 보려면/ 고요히 눈이 녹기를 기다려라// 꽃씨 속에 숨어 있는 잎을 보려면/ 가슴이 따뜻해지기를 기다려라// 꽃씨 속에 숨어 있는 어머니를 만나려면/ 들에 나가 먼저 봄이 되어라// 꽃씨 속에 숨어 있는 꽃을 보려면/ 평생 버리지 않았던 칼을 버려라."

그렇다. 꽃씨 속에 숨어 있는 잎과 꽃을 보려면 기다림이 필요하다. 눈이 녹기를 기다리고, 따뜻해지기를 기다리고, 바람이 불기를 기다려야 한다. 소중한 것을 얻기까지는 정성을 기울여야 하는 것이다.

그래, 이제부터는 주변을 자세히 살펴보자. 기다리고 기다리던, 어제는 보지 못했던 꽃이 피어 있을 테니까. "자세히 보아야, 예쁘다. 네가 그렇다"라는 어느 시의 구절처럼 기회라는 꽃이 그렇다. 익숙한 곳보다는 낯선 곳을 좋아해서, 어제의 그곳이 아니라 다른 외진 곳에서, 기다린다. 평탄한 길이 아니라 울퉁불퉁한 산길에서, 험한 벼랑 끝에서 기다린다.

향기가 코끝에 피어오르거든 기회가 왔다고 생각하자. 한 걸음이 천 걸음이 될지라도 마지막 한 걸음을 포기하지 말고 기회를 찾자. 흘깃, 대충 보다가는 놓쳐버린다. 멈추어 서서 자세히 보자. 두 눈과 마주치는 순간, 몽우리를 열고 내밀한 속살까지 드러내며 활짝 웃을 것이다. 애타게 기다리던 기회의 꽃과 영접하는 최고의 순간이다. 그때가 멋진 나를 발견하는 순간이다. 이날이 먼 훗날 내가 기억할, 내 인생의 가장 화려한 날일 테니까.

바람은 언제나 당신의 등 뒤에서 불고,

당신의 얼굴에는 항상 따사로운 햇살이 비추길…

(May the wind always be at your back and the sun upon your

face…)

part 3
그저 그런 하루

남아 있는 기억의 잔해들.

모두 다른 장소의, 다른 기억이지만

페이지를 넘기는 동안 느껴지는 마음은

본질적으로 같은 것을 떠올리게 한다.

과거에 대한 그리움과 현재에 대한 안타까움.

그리고 불안 속에서도 찾아보려는 희망 한 자락.

기차를 타고, 배를 타고

아니면 시골길을 누비는 마을버스를 타고,

두 다리로 비탈길을 오르내리며 누비던 때를 찾아

스크롤을 내리면 십수 년 전의 내 모습이 아른거린다.

무더운 여름날,

낯선 곳에서 문제를 고민하고

또 길을 찾으려고 했던 내 모습이.

나를 보호하는 소품

월간지 편집자와 약속이 있어 부지런 떨며 옷을 챙겨 입고 나왔는데, 아차! 머플러를 깜빡 잊었다. 누가 보면 한여름에 무슨 머플러냐고 할지 모르지만, 푹푹 찌는 삼복더위에도 나는 목에 머플러를 감는다. 감기가 오더라도 목부터 오는 체질이라 항상 목을 감싼다. 내가 머플러를 두르기 시작한 것은 글감 여행을 떠났다가 목감기를 심하게 앓고 난 후부터다.

편도가 약하다며, 머플러로 목을 감아 따뜻하게 보호하라는 의사의 조언에 따라 부랴부랴 인터넷몰을 뒤져 머플러를 샀다. 폴리로 된 것, 면 아사로 된 것, 그리고 실크로 된 것 3종류다.

머플러, 하면 가장 먼저 아랍 여인들의 히잡, 차도르, 부르카가 떠오른다. 또 황소 주변에서 펄럭이는 투우사의 붉은 보자기도 있다. 모두 자신을 보호하기 위한 도구다. 예술가를 찾아본다면 '나의 몸은 나의 예술의 성전'이라는 말을 남긴, 이사도라 덩컨이 있다. 자신의 성전에 머플러를 두르고 멋진 무희(舞姬)가 되어 춤추던 그녀였다.

생전에 바닷가에서 맨발로 춤을 추던 그녀의 모습은 정말 아름다웠다고 한다. 그녀는 즉흥적인 춤을 추는 자유로운 무희의 대명사였지만 최후는 비극이었다. 지붕 없는 스포츠카에 올라, '안녕, 영광을 찾아 떠나요!' 하고 외치던 그녀는 목에 감은 빨간 머플러가 스포츠카의 뒷바퀴에 걸리는 바람에 죽었다. 그렇게 운명의 장난처럼 생을 마감했다.

처음으로 목에 머플러를 둘렀을 땐 간지럽고 답답했다. 그러나 건강을 위해 매일매일 익숙해질 때까지 감고 지냈다. 그렇게 1년쯤 지나자 익숙해져서 이제는 머플러를 하지 않으면 허전하고 어색하다. 습관, 길들임이 대단하다. 365일 중에 거의 매일 머플러 하고 산다. 모임을 가거나, 마트를 가거나, 동네 산책을 하더라도 머플러는 꼭 착용한다. 심지어 집 안에서도 머플러를 감고 있다. 또 목을 보호하기 위해 내린 처방이 이제는 패션이 됐다. 특이한 무늬의 머플러를 목에다 감으면 액세서리가 된다. 머플러로 시선을 유도하려는 건 아니었는데, 그렇게 됐다.

어느새 쇼핑을 할 때 가장 먼저 사는 것이 머플러다. 5일장에서 산 머플러부터 인터넷으로 산 머플러, 해외여행에 다녀온 지인이 선물한 머플러까지 옷장 안에는 옷보다 머플러가 더 많다. 외출할 때뿐 아니라 집에서 글을 쓸 때에도, 차를 마실 때에도 나의 목에는 몸의 일부처럼 사시사철 머플러가 있다. 솔직히 고백하자면 잠을 잘 때도 나는 머플러를 하고 잔다. 목을 보호하고, 눈부신 빛을 차단하고, 때로는 싫은 냄새를 차단하는 데 아주 좋다.

내가 가장 아끼고 즐겨하는 머플러는 보라색에 큐빅이 몇개 박힌 것이다. 벌써 산 지 20년이 넘어 색이 많이 바랬지만 여전히 쓸 만하다. 홍대입구 프리마켓에서 히잡을 쓴 어떤 인도 여인에게서 산 건데 목에 감으면 부드러우면서도 따뜻하다. 예쁘고 실용적이다.

내가 물건을 살 때 중요시하는 건 가격이 저렴하면서도 실용적인지 여부다. 그다음이 멋이다. 이 머플러는 그런 내 욕구를 충족했다. 한마디로 그냥 인생 머플러다. 이 글을 쓰는 동안에도 보랏빛 머플러가 목을 감싸고 있다. 때로는 떠오르는 태양처럼 뜨겁게, 때로는 저녁노을처럼 뭉근하게 나를 보호하고 있다.

비가 오는데

우리는 어디로 가고 있는가

도시에는 마른 새싹이 돋고

까맣게 그을린 꽃이 피는데

우리는 한숨 돌릴 여유도 없이

어디론가 밀리어가고 있구나

- 차재각, 도시인

새로 이사한 동네

　새로 이사 온 동네에 코인 빨래방이 생겼다. 지나면서 여러 번 구경만 하다가 이불, 요커버, 베갯잇을 싸 들고 빨래방에 왔다. 빨래부터 건조까지 1시간이면 끝난다. 500원짜리 동전 여덟 개면 찌든 때가 벗겨진다. 누렇던 이불이 하얗고 뽀송하게 변신한다. 세탁부터 건조 그리고 음료까지 만 원이면 충분하다.

　뽀송뽀송한 빨래가 주인을 기다린다. 천 원이면 라떼를 마시며 시간을 견딘다. 이곳에 있는 작은 테이블 위에는 노트와 펜이 있다. 겉장에는 주의 사항이 적혀 있다. 빨래방에서 음식물 섭취 금지, 선풍기는 끄고 가기, 분실물 보관함, 와이파이 주소와 비밀번호 등 세세한 것들이 손글씨로 적혀 있다. 중간

쯤에는 '주인에게 남기고 싶은 한마디'도 있어 인간미 넘치는 곳이구나 싶었다.

혼밥인들의 마음속 이야기도 깨알같이 적혀 있었다. 나도 뭐라고 적어야 될 것 같아 구불구불한 손글씨로 이렇게 적었다.

'이곳 라떼가 참 맛있어요.'

다 말할 순 없지만, 노트에는 밥은 먹고 다니는지, 날씨가 쌀쌀한데 감기 조심하라는 안부 인사도 많았다. 주변에 혼자 사는 젊은이가 많아서인지 따뜻한 공감을 기대할 수 있었다. 이곳을 다녀간 이들은 시작하는 이의 설렘과 버티는 이의 고단함 그리고 떠나는 이의 아쉬움을 동시에 안고 있었다.

드디어 건조를 끝내는 알림이 울렸다. 하얗고 뽀송한 이불이 따뜻했다. 햇볕에 바싹 말린 이불을 걷을 때와는 또 다른 느낌으로 행복해졌다. 따끈한 이불을 담아 집으로 가는 마음이 상쾌했다. 소소한 일상 속 예상치 못한 행복에 마음을 빼앗기는 순간이 지금이 아닐까.

그러나 언택트 시대가 가져온 편리함에 잃어가는 것 또한 분명히 있다. 전통시장을 찾아 손두부 한 모, 콩나물 한 봉지로 사람 냄새나는 그들과 잠깐 소통하며 마음을 달래던 것도, 덤으로 조금 더 넣어주며 정을 나누는 것도 오래지 않아 먼 그리움으로 남을 것이다. 24시간 돌아가는 세탁기와 건조기에 마음을 내려놓는 도시의 사람들에게는.

요리는 사랑이고 행복이다

드디어 훈련의 시간이다.
사랑하는 마음을 요리로 표현하는 시간이다.

오늘 저녁 메뉴는 잔치국수다. 다시마, 건새우, 멸치를 넣어
육수를 끓인다. 고춧가루와 파, 마늘 다진 것, 깨소금, 참기름,
간장을 섞어 양념장을 만든다. 육수를 식히는 동안 면을 삶아
차가운 물에 헹궈 물기를 뺀다. 계란은 지단을 부쳐 얇게 썬다.
물기를 털고 구운 김을 부셔 넣고 양념장을 넣어 먹는다.

국수를 준비하는 시간은 길면 1시간 정도. 그것도 동네 마
트에서 장을 본다면 2-3시간이 걸린다. 한 끼 식사는 경제적

가치로 따지면 분명 비효율적이다. 즉석식품을 먹으면 3분이면 해결되니까. 인스턴트 식품은 밥이든, 죽이든, 라면이든, 치킨이든 전자레인지에 3분이면 충분하다. 설거지도 필요 없다. 분리수거로 끝.

사실은 맛도 크게 차이가 나지 않는다. 한 끼를 먹기 위해 시장을 봐서 재료를 다듬고 조리하는 데 많은 시간과 노동력을 투자하는 건 비효율적이다. 그럼에도 건강을 위해서, 수고로움을 마다하지 않고 요리를 한다. 가족과 마주 앉아 일상을 얘기하고 밥을 먹는 것은 최고의 행복이다. 그것도 집에서 직접 만들어 먹는 것은 평범을 넘어선 아름다운 선이다. 배려와 헌신, 사랑하는 마음이 모두 함축돼 있기에.

물론, 퇴근해서 집에 오면 그대로 쓰러져 잠드는 누군가에게 밥을 지어먹는다는 건 사치인지도 모른다. 나도 오래전에는 그랬으니까. 바쁘다는 핑계로 인스턴트 식품을 자주 이용했다. 편리했기에.

그러나 먹고 나면 잘 먹었다는 표현보다 끼니를 때웠다는 표현이 맞을 거다. 골고루 잘 먹는 것이 중요하다는 사실을 깨달았을 땐 이미 몸이 아픈 다음이었다. 그 이후로 외식을 줄이고 집밥을 해 먹는다.

채소와 과일, 생선과 고기를 사서 들고 오는데 같은 가격임에도 편의점에서 산 것보다 훨씬 묵직하다. 몸에 좋은 것들은 무거운가? 요리를 하며 치열하게 생존 연습을 해서인지 건강도 좋아졌다. 편리한 것도 좋지만 먹는 것만큼은 내 몸에 맞는 건강 식단이어야 한다. 건강 식단으로 요리해서 맛있게 먹는 것이 보약이다. 재료를 고르고, 손질하고, 밥을 하고, 찌개를 끓이고, 생선을 굽는 비효율적 행위가 바로 나와 가족의 건강을 지키는 훈련이다. 요리는 사랑이고 행복이다.

무거움과 가벼움 사이 ~~~~~~~~~~~~~~~

추적추적 가을비 내리는 오후,
전에 근무하던 직장의 어르신에게
마지막 인사를 하기 위해 화장장에 갔다.

관이 전기 화로 안에 들어가면 고인의 이름 밑에 '소각 중'이
라 적힌 등이 켜진다. 1시간이 채 되지 않아 '소각 완료'라고 뜬
다. 또 10분쯤 지나니까 '냉각 중'이라고 뜬다. '냉각 완료'가 되
면 흰 뼛가루가 줄줄이 컨베이어 벨트에 실려 나와 작은 단지
에 담긴다. 흰 뼛가루에 흐린 기운이 스며서 안개 색깔처럼 보
였다. 고운 입자의 먼지처럼 보이기도 했다. 아무런 질량감도
느껴지지 않았다. 물체의 먼 흔적이나 그림자였다. 뼛가루의
침묵은 완강했고, 범접할 수 없는 적막 속에서 세상과 작별하
고 있었다.

금방 있던 사람이 금방 없어졌다. 뼛가루는 남은 사람들의 슬픔이나 애도와는 사소한 관련도 없었고, 이 언어도단은 인간 생명의 종말로서 합당하고 편안해 보였다. 죽으면 모든 것이 끊겨 죽은 자는 산 자에게 죽음의 내용을 전할 수 없다. 죽은 자는 죽었기 때문에 죽음을 인지할 수 없다. 다만 영혼은 소각으로 죽음을 경험하는지도 모르겠다. 원통하게 비명횡사한 경우가 아니면 요즘에는 유족들도 별로 울지 않는다. 부모를 따라서 화장장에 온 아이들은 대기실에 모여서 아이스크림을 먹고 스마트폰으로 게임을 하고 있었다.

화장장에 다녀온 날에는 삶의 무거움과 죽음의 가벼움을 생각하게 된다. 뼛가루 한 되 반은 인간 육체의 마지막 잔해로서 많지도 적지도 않고 적당해 보였다. 한 줌 뼛가루가 된다는 건 자연으로 돌아가는 것이다. 날이 저물고, 비가 오고, 바람이 부는 것과 같은 자연현상일지 모른다. 누구나 다 그렇게 되는 것이니까 억울할 필요도 없다. 다만 순서를 몰라 언제 그렇게 될지 아무도 모른다.

화장장에서 마지막 인사를 나누며 느낀 건 일상을 보내듯이, 세수를 하고 밥을 먹듯이, 가볍게 죽는 것이 최고란 생각이

들었다. 나는 생각했다. 가족들을 힘들게 하지 않고 갈 것이며, 지저분한 것들을 남기지 말고 가리라고. 빌려온 것 있으면 다 갚고, 남은 것이 있으면 주고 가리라고. 새 옷으로 갈아입지 말고 입던 옷 깨끗이 빨아 입고 가야겠다. 가면서 힘들게 사람 불러 모으지 말고, 직계가족만 함께 해야겠다.

서랍과 수납장, 책장에 묵혀 있는 것들······ 있어도 그만, 없어도 그만인 것들을 정리해야겠다. 매일 조금씩, 표가 나지 않아도 정리해야겠다. 얼마 전 이곳으로 이사하면서 거의 버린 덕분에 버릴 것이라야 옷가지 몇 벌과 가방, 책뿐이지만 여전히 무겁다. 매일 분리수거를 할 때마다 쇼핑백에 넣어서 재활용함에 버린다.

서른 후반 즈음에 선물 받았지만 사이즈나 취향이 맞지 않아 철마다 입어볼까 욕심내며, 세탁만 몇 번 한 원피스도 미련 없이 버렸다. 작가로 살고 있어 책은 버리지 못하고 있다. 조금 늦출 뿐이다. 뒤축이 닳고 찌그러진 신발은 내 몸뚱이를 싣고 이 세상의 거리를 쏘다닌, 나의 분신인지라 아무리 낡아도 신발장에 자리하고 있다.

살아온 전부를 말해주는 것 같은 상처투성이의 신발을 연민

할 수밖에 없다. 애틋하고, 불쌍하고, 소중하다. 그래서 버리기를 주저하고 있다. 마지막으로 정리해야 할 것은 유언인데, '딸아, 미안하고 고맙고 사랑한다' 정도면 어떨까.

나는 아버지의 유언을 듣지 못했다. 임종을 지켜드리지 못해서. 돌아가시고 한 달 후에 꿈속에 나타나신 아버지는 이렇게 말씀하셨다.

"딸아, 미안하다. 잘 살아라."

아버지의 생애가 한 문장으로 선명히 정리된다 해도 남은 자에게는 여전히 슬프고 아프다. 나는 아름답고 격조 높은 유언을 남기고 싶다. '식물을 가까이 두라, 음악을 들으라'처럼 무겁지 않고, 아름답고, 정서적인 유언을 남기고 싶다.

다만 지금은, 나에게 예정된 시간이 얼마인지 모르나, 남은 시간까지 아이가 원하는 것들을 다 할 수 있도록 도와줄 뿐이다. 내 힘이 닿는 데까지. 아이가 행복을 찾아 누리며 살 때까지. 그래서 '딸아, 고맙다'라는 유언을 마음속에 남길 때까지. 이 정도 유언이 나오려면 성실한 노동의 세월이 필요할 테지만, 떠나는 자와 남는 자 모두에게 잔잔한 미소를 안겨주는 아름다운 이별을 위하여. 더 열심히 살아야겠다.

복숭아가 참 달다 〰〰〰〰〰〰〰〰〰

저녁 8시, 막 문을 닫으려는 동네 슈퍼에 재빨리 들어가 복숭아 한 봉지와 두부를 집어 들었다. 계산을 서두르던 그때, 주인 아주머니가 말했다.

"복숭아를 좋아하시나 봐요."

"아, 네."

얼떨떨한 목소리로 나는 대답했다. 머뭇거리는 나의 태도에도 주인 아주머니는 친근한 말투로 떨이라며 약간 상처가 있는 복숭아 3개를 덤으로 주셨다. 망설이다가 "감사해요, 잘 먹을게요" 하고 복숭아를 받아들고 나오는 길에 여러 감정이 소용돌이쳤다. 고맙기도 하고, 불편하기도 하고. 낯가림이 심하고 소심한 나로서는 고마움보다 불편함이 조금 더 컸던 걸까? 지금은 그곳에 가지 않고 돌아서 조금 더 먼 슈퍼에 간다.

지금 사는 동네로 이사를 온 건 3년 전이다. 동네를 오가며 세탁소 아저씨, 슈퍼 아저씨, 빵집 아주머니와 눈인사를 주고받을 때도 있지만, 마주치는 것이 불편해서 돌아가곤 했다. 누군가 나를 알고 있다는 것, 내 입맛이나 내밀한 취향을 알고 선의를 베푼다면 그것은 분명 고마운 일이다. 마땅히 고마워해야 할 일이다. 그런데 나는 거북하다 못해 신경이 쓰이는 것이다. 나를 잘 아는 친구는 말했다. 대인관계 기피증이라고. 맞다. 대인관계 결핍, 소통 부족이 나의 단점이다. 그래서 직장생활을 포기하고 전업작가로 살고 있으니까.

누군가를 안다는 건 바로 그 누군가와 생활의 일부를 공유하는 일이다. 도움받고, 도움 주고, 간섭을 주고받는 일이다. 나는 그게 불편하고 싫은 거다. 나 홀로 가구가 많아지는 세상에서 더 외롭게 살지 않으려면 이웃끼리 마음을 주고받아야하지 않을까 싶지만, 나는 영 어색하다. 낯설고 서툴다. 아직은. 그래서 마음의 준비가 필요하다. 낯섦이 익숙함으로 다가갈 때까지.

이런저런 생각을 하며 집으로 돌아오는데, 새것이나 다름없는 예쁜 캐리어, 빨래건조대가 전봇대에 기대어 있다. '몇 번 안

썼어요. 필요하신 분 가져가세요'라는 메모의 내용처럼 깨끗하다. 건조대는 내가 갖고 있는 것보다 더 새것이라 맘이 흔들렸다. 그러나 포기했다. 나는 메모지에 볼펜으로 급히 휘갈긴 듯한 글자를 누군가 보지 못할까봐 메모지를 똑바로 고정시켜 두곤 돌아섰다.

또 한쪽에는 '강아지를 찾습니다'라는 애절한 알림도 있다. 주변에 아파트도 많지만 새로 오피스텔이 많이 생겨서인지, 이런 게시글을 자주 본다. 덤으로 받아서인지 오늘 따라 한입 베어 문 복숭아가 참 달다.

야! 신난다

오랜만에 동네 카페에서 커피를 마시며 글을 쓴다.

집에서 글이 안 써질 때는 노트북을 챙겨 조용한 카페를 찾아 나선다. 그렇게 반나절 정도 작업을 하다 보면 창밖의 풍경이 달라진다. 날이 저물어 어둑어둑하고 부슬비까지 내린다. 글쓰기 딱 좋은 날이다. 야! 신난다.

나에게 커피는 글이다. 글이 잘 써지지 않을 때는 습관적으로 커피를 홀짝거린다. 글이 맘에 들지 않을 때에는 훨씬 더 많이 커피를 마신다. 달달한 바닐라 라떼 벤티 사이즈. 물론 그걸 몽땅 마셔놓고도 마음에 드는 문장을 못 건질 때도 있다. 미끼만 잔뜩 쓰고 허전한 어망을 들고 가는 낚시꾼 처지가 되는 날이 부지기수다. 그러나 나는 쾌활하게 웃는다.

글이 안 써지면 창밖으로 거리를 오가는 행인들을 멍하니 바라본다. 그러다 보면 잊고 있던 소중한 기억이나 감정이 몽글거리며 떠오른다. 커피 한 모금을 입안에 머금고, 여유롭게 창밖 풍경을 바라보고 있으면, 참신한 글감이 잠에서 깬 새의 날갯짓처럼 퍼드덕퍼드덕거린다. 나는 기다렸다는 듯 씨익 웃으며 미친 듯이 키보드를 두드린다. 손가락이 눈에 보이지 않을 정도로 빠르게 움직인다. 머릿속에서 전개되는 문장의 속도를 따라가지 못할 만큼.

그렇게 열심히 두드리다 보면 원하는 시 한 편이 완성된다. 뿌듯한 마음이 가득 차오르면 식어버린 바닐라 라떼도 맛있다. 글자로 꽉 찬 노트북 화면 위에 커서가 정신없이 깜빡인다. 글은 쓰면 쓸수록 더 어렵지만 오늘 같은 날이 있어 그래도 좋다. 바람에 스치는 꽃향기 같은 글을 건져 올렸다. 잘 내린 라떼처럼 부드럽고, 에스프레소처럼 응축돼 있고, 카푸치노처럼 스타일리시한 글을 지었다.

오늘은 아무도 부럽지 않을 만큼 딱 좋다. 만족감에 저절로 웃음이 터진다. 벤티 사이즈의 바닐라 라떼 2잔을 마시고도 이렇게 가벼울 수가. 집으로 가는 발걸음이 경쾌하다. 아! 신 난다.

전업작가

오늘은 한강을 걸어 다니다가 서점에서
나태주의 시집을 샀다.
'풀꽃'이라는 시를 읽고 또 읽었다.
"자세히 보아야 예쁘다/ 너도 그렇다."

그저 그런 전업작가로 산 지 25년이 흘렀다. 여전히 글 쓰는 일은 두렵고 불안하다. 이렇게 글도 나오지 않고 한 통의 전화에 심란해지면 마음의 안정을 찾아 돌아다닌다. 마지막 종착지는 책방이다. 그곳에서 산 나태주의 시집을 수십 번을 되뇌며 읽는데 눈물이 난다. 과연 나는 나를 얼마나 자세히 들여다보았을까. 얼마나 오래 보았을까. 나 자신이 사랑스럽게 느껴질 만큼 오래 자세히 들여다보았을까.

집으로 돌아오는 지하철 안에서 짧지만 현미경 들여다보듯이, 집착 아닌 애착으로 나를 관찰했다. 목이 축 늘어진 라운드 티에 트레이닝 바지, 화장기 없는 부스스한 얼굴에 깊게 눌러 쓴 야구모자, 주머니엔 휴대폰과 카드 한 장이 전부다. 외출할 때에는 노트북을 가지고 다니지 않고, 스마트폰으로 작업을 한다. 보이는 모든 게 글감이 된다.

지하철의 모든 사람을 스캔하다 오늘은 앞에 앉은 아가씨가 눈에 들어온다. 깔깔대며 통화하는 모습이 예쁘다. 차려입은 모습이 상큼 발랄하다. 덩달아 기분이 좋아진다. 나도 한때는 방금 세탁한 듯 진한 만다린 향기가 풍기는 하얀색 셔츠에, 회색 스커트를 깔끔하게 차려입고 다녔다. 한마디로 잘 달리던 날이 있었다.

하지만 그때의 나는 너무 힘들었다. 직장생활이 만만치 않았다. 그럼에도 그때가 그립고 좋다. 만약에 내가 그때로 돌아간다면 문학을 제대로 배워 학생들을 가르치며 글을 쓰고 싶다. 우선 누군가를 가르친다는 것은 대단한 일이니까. 특히 평생 학생을 가르치며 산다는 것은 사명감이 필요하다.

학생들에게 영어를 가르치며 시를 썼던 나, 많이 힘들었다.

수업도, 습작도 어느 것에도 충실할 수 없었으니까. 어쨌든 영어교육학과를 졸업한 뒤 교사 생활을 하고, 시인의 생활을 하다가 이렇게 전업작가로 살고 있지만 이제는 괜찮다. 작은 수입에도 감사하니까 행복하다.

작가로 살면서 참 많이도 부딪히고, 깨졌지만 버티고, 지나고 나니 나아지더라. 소고기를 못 먹으면 돼지고기를 맛있게 먹으면 되고, 생선회를 못 먹으면 생선구이를 맛있게 먹으면 된다. 맛이라는 것도 생각하기 나름이다. 사랑하는 이들과 먹으면 무엇이든 맛있다. 죽도록 쓰니까 밥은 먹는다. 가끔은 소고기도 먹고 생선회도 먹고 여행도 간다. 이 모두가 남이 뭐라 해도 해야 할 일을 꾸준히 한 덕분이다.

어떤 일을 해도 몸이 고달프지 않으면 마음이 고달프고, 마음이 고달프지 않으면 몸이 고달프다. 산다는 것 자체가 어깨에 짐을 지고 사는 거니까. 무엇을 하고, 어떤 지위에 있건 그만큼의 무게를 안고 살아가니까. 무리하게 욕심내지 않고 감당할 무게만큼만 욕망하면 적당히 편안하다. 순순함이 태평을 부른다.

내가 놓아주려 하는 것 ～～～～～～～

이사 온 지 꼭 1년이 되던 날, 이제껏 내 삶을 흐트러지지 않게 해준 것들을 그리며 두 손을 모았다. 라틴어 한마디 'Ti amo(사랑해)'를 시작으로 '나무아미타불', '아멘'을 되뇌며 기도에 몰입했다. 몇 시간이 흘렀을까. 어지럽던 것들이 말끔히 빗질이 된 듯 고요하다.

일상이 내 뜻대로 될 순 없지만 '억지로'만 줄여도 한결 살 만하지 않을까. 억지로 만나고, 억지로 웃고, 억지로 일하고, 억지로 견디고, 억지로 따라 하고, 억지로 대답하고, 억지로 용서하는 것……. 뭐든 억지로 하면 몸이 고달프고 마음까지 힘들어진다.

　나는 반평생을 억지로 살았다. 몸이 고달프고 마음까지 힘들어져도 기도로 버텼다. 쓰러지기 일보 직전에, 기도했을 적에 답을 받았다. 놓아주라고. 이제 과감히, 억지로 했던 것들을 놓아주려 한다. 한 저녁 모임 자리, 지인이 준비한 저녁식사만 하고 돌아왔다. 늦은 밤까지 계속되는 파티에 드디어 억지로 참석하지 않았다. 처음으로 실천했다. 그렇게 집으로 돌아오는 길에 내가 좋아하는 임재범의 노래를 흥얼거린다.

　어쩜 우린 복잡한 인연에 서로 엉켜 있는 사람인가봐
　나는 매일 네게 갚지도 못할 만큼 많은 빚을 지고 있어
　연인처럼 때론 남남처럼
　계속 살아가도 괜찮은 걸까
　그렇게도 많은 잘못과 잦은 이별에도
　항상 거기 있는 너

　날 세상에서 제대로 살게 해줄
　유일한 사람이 너란 걸 알아

나 후회 없이 살아가기 위해

너를 붙잡아야 할 테지만

내 거친 생각과 불안한 눈빛과

그걸 지켜보는 너

그건 아마도 전쟁 같은 사랑

난 위험하니까 사랑하니까

너에게서 떠나줄 거야

이렇게 봄을 걷는다

외딴섬에서 눈을 떠보니 온통 연두빛이다.
벌써 겨울이 가고 봄이 왔다.

일상을 마비시키며 온통 뒤흔들렸던 사악한 땅에서도 봄은 노랗게 피어오르고 있었다. 혼자 죽은 듯 칩거하며 나는 울고 있는데 봄은 활짝 웃고 있었다. 공원에 나오니 봄옷으로 갈아 입은 새색시들이 웃고 난리다. 꽃에도 꿀을 따려는 벌들이 모이기 시작했다. 강변로에는 개나리꽃이 줄지어 피어 있고 박하향의 흰 꽃들이 살랑거린다. 비릿한 강 내음과 푸릇한 풀냄새, 스쳐 지나가는 여인의 파우더 냄새에 내 눈물도 말랐다. 자연은 이렇게 저마다 특별한 모양새를 지니고 있다.

같은 개나리꽃이라도 자세히 들여다보니 냄새도, 모양도 조금씩 달랐다. 작은 바람에도 누구는 쓰러질 듯 아슬하고, 누구는 꼿꼿했다. 하늘거리는 분홍 진달래가 있는가 하면 물 한 모금 물고 있지 않아도 촘촘히 잎을 가진 노란 개나리도 있다. 늘 이 길을 걸었는데, 그때도 이 꽃들이 있었을 텐데, 내 기억에는 왜 없는지. 무엇에 정신이 팔려서 이렇게 예쁜 봄꽃을 보고도 지나쳤는지 도대체 모르겠다. 무엇에 침몰하여 정신이 빼앗기도록 일상에 소홀했는지 나는 모르겠다.

새삼스러운 봄에 빈 몸으로 서 보니, 당연한 일상이라 여겼던 것이 당연하지 않은 일상이 되며 엉킨다. 앞과 뒤, 어제와 오늘, 나와 네가 뒤죽박죽으로 섞인다. 혼란의 도가니 속에 자신을 추스르는 것도 온전히 내 몫이리라. 차분하게 본분을 지키고 있는 것이 애잔하다. 발에 차이도록 언덕을 덮고 있는 꽃들이 귀하다. 시간은 예정대로 오고, 소중한 것을 하나씩 데리고, 모르는 곳으로 또 속절없이 간다.

자연은 절대로 순서를 거스르지 않고 세상을 쫓지도 않는다. 봄, 여름, 가을, 겨울, 12345……. 그렇게 순서대로, 법칙대로, 질서 정연하게 도도히 흐를 뿐. 예정만 있을 뿐, 순서 없는 생, 내일 무슨 일이 일어날지, 살고 있을지, 죽어나갈지 도대체 알 수가 없다. 불확실한 현실을 무료하게 소비하니 처절한 고독이 몰아친다.

아무 생각 없이 걷는다. 봄을 밟으며 한 발자국씩 오른다. 한철 피어났다가 사라지는 풀 한 포기도 귀하다. 그러니까 나도 살아야겠다. 잘 살아야겠다. 꽃을 피우며 살아야겠다. 향기를 뿜어야겠다. 화려한 꽃을 피워야겠다. 제대로 살아야겠다. 그러면서 봄을 걷는다. 지난 세월을 잘 견디고 이렇게 한 걸음씩이라도 봄을 걸으며 고맙다, 또 고맙다 말하며 걷는다.

이렇게 사투를 벌이며 걷는 동안에 모르는 곳에서 벌어진 죽음은 하찮게 여겨져 땅에 묻히지도, 하늘에 오르지도 못하고 쌓이리라. 그 위로 인고의 눈물이 덮이리라. 죽어가는 것들을 지켜보며 뉘우친다. 세상을 내 마음대로 단죄했던 것, 오해를 사실이라 믿었던 것, 나만이 옳다고 외치던 자만심, 다 안다고 믿었던 교만함까지, 그 모든 죄를 나는 반성한다. 두려움과 희망이 교차되는 게 인생이던가! 이렇게 다시 살아 연두와 초록의 봄의 땅을 밟을 수 있어 고맙다. 또 다른 갈림길에서 중심을 잃지 않고 버텨줘서 또 고맙다.

삶을 살아가면서 내가 지키려고 하는 원칙이 있다. '스스로에게 부끄럽지 않을 만큼 큰 죄를 짓지 않고 나의 길을 가는 것'이다. 매 순간 발걸음이 닿는 길이 바로 '목적지'를 향하는 한 걸음이 되는 거다. 눈물이 아른거리는데 행여 발에 꽃이 밟힐까봐 조심 또 조심. 아무쪼록 누구에게도 밟히지 말고, 그늘로 숨지도 말고, 따스한 햇볕 받으며, 포근한 봄비 맞으며 강인하게 살아남으리라! 이렇게 예쁜 봄꽃이 되어, 돌봐주는 이 없어도 꽃으로 피고 지고, 또 씨앗으로 남으리라!

화답을 받은 듯 계절 신호등에 초록의 불이 들어온다. 딸깍, 내 마음에도 초록의 불이 들어온다. 딸깍, 두 걸음 폴짝 뛰어오르며 드디어 건넜다. 지옥 같던 그곳을. 비로소 나는 웃는다.

우주가 정교하게 운행되듯
내 의지도 나를 운행한다.
소망이 미치도록 간절해질 때면,
자연 앞에 경의를 표하면서,
비탈길을 살아지도록 걷는다.
어느새 숨결이 따사로운 곳으로
들어서고 있다.
아! 드디어 봄,
죽도록 찾아 헤매던 그 봄!

기억한다는 것은

나는 오늘도 한쪽에는 기억을 저장하고
다른 한쪽에는 기억을 버린다.

기억을 버린다는 것은 잊는 것이다. 다시 말해 망각이다. 잊히지 않는 힘, 그것을 기억력이라 부른다. 나이가 들수록 기억력은 조금씩 흐릿해진다. 저장하는 기억보다 버리는 기억이 더 많아진다. 세상에서 제일 슬픈 것은 잊는 것이다. 아니, 잊히는 것이다. 시나브로 조금씩.

잊지 않으려는 힘이 점점 약해지는 나는 슬프다. 잊는 것보다 잊으려 하는, 아니, 서서히 희미해지는 것들이 더 슬프다.

아니, 서럽다. 인연의 궤적을 필름으로 몽땅 담는다면 얼마나 좋을까. 점점 쇠약해지는 내 머리는 벌써 힘을 잃어가고 있다. 다 돌지도 않은 필름을 억지로 되돌려본다. 인연의 드라마를 돌린다. 중간중간이 끊겨 있다. 나는 활짝 웃다가도 어느 순간 슬프고 화가 난다. 필름이 다 돌아간 지금, 나는 더 슬프고 화가 난다. 애써도 복구할 수 없는 아주 오래된 필름 때문에.

안부

뙤약볕 아래 기차가 펑펑 둥둥 달려갑니다. 추억의 그곳, 평창을 향하여. 느릿느릿 흘러갑니다. 메밀국수, 송어회를 먹으며 메뚜기처럼 뛰었습니다. 민박집 대청마루는 여행자들이 들락거려 미끄러질 듯 윤이 났습니다.

노란 옥수수, 붉은 자두를 나눠먹으며, 불꽃같은 태양에 얼굴이 구릿빛으로 그을려도 그냥 좋았습니다. 붉게 물든 심장을 나눠 가져 바라보는 세상이 천국이었습니다. 메밀밭을 뒹굴며

젊음을 불태웠습니다.

　　하나뿐인 당신과 시간을 여행했습니다. 그 시간을 미치도록
사랑했던지라 다친 몸도 추스를 수 있었습니다. 살 수 없을 것
같은 시간도 꿋꿋이 버텨냈습니다. 사랑의 힘이 있었기에.

내 우주였던 당신,

당신이 있어 나름대로 괜찮았습니다.

그런데, 당신, 잘 지내나요?

12월의 다짐

곱게 물든 단풍잎을 몇 개 주워 책 사이에 포개놓았다. 사방에 뿌려둔 희망이 스스로 갈무리를 마치고 긴 꼬리를 말고 있다. 그렇게 무성하게 발랄던 나무는 세찬 바람이 불 때마다 눈물을 쏟듯 낙엽을 떨어뜨리고 또 하나의 나이테를 감고 있다. 나는 열심히 내달려왔는데 손에 쥔 것이 없다. 쉬지 않고 걸었는데 도착한 곳이 없다. 그래도 다행인 것은 나와의 약속을 정직하게 지키며, 헌신적으로 걸었다는 사실이다. 그것 하나만으로도 위로가 된다. 이렇게 헤이즐넛 향기를 맡으며 지나온 시간을 반성하고, 다가올 시간을 계획하는 오늘이 있어 감사하다.

길게 줄지어 서 있는 은행나무는 마지막 잎새까지 다 털어
낸다. 오래전에 이별한 봄을 그리워하듯 겨울옷을 갈아입는
다. 추위와 어둠 앞에 납작 엎드린다. 시간의 흐름을 자연을 통
해 알게 된다. 다시, 희망을 잉태한 자연의 참모습은 나에게 침
묵과 성찰의 시간을 선물한다. 참으로 위대하고 경이롭다. 나
의 내년은 또 어떻게 전개될지. 부드럽게 살랑이며 설렘으로
다가오는 기쁨은 언제가 될지. 소낙비처럼 퍼붓는 고통을 온
몸으로 맞아야 하는 날은 얼마나 될지. 가을 하늘처럼 푸르고
맑은 날은 언제일지. 회색빛 겨울 하늘 같은 고독한 날은 얼마
나 될지. 기대 반, 두려움 반으로 상상해본다.

마르쿠스 아우렐리우스의 '명상록'에 이런 말이 있다.

"잎, 잎, 조그만 잎,
모두 가지 위에서 바람에 휘날리는 나뭇잎과
다름이 없다."

맞아, 움켜쥔 풍요로 봄을 맞을 수는 없어. 혹독한 겨울도 건널 수 없어. 그러니까 다 털어내고 비워야지. 남김없이 털어내 더 가벼워져야지. 겨울나무처럼.

장마

장마가 시작했다.

제법 굵은 빗줄기가 내렸다, 그쳤다, 한다.

얼마나 많이 쏟아지는지 빗소리가 요란하다.

많은 비에 피해가 발생하지는 않을까 염려된다.

쏟아지는 저 비,

누구의 눈물인지 모르지만

실컷 울어야 한다.

울어서 흘려보내야 한다.

애써 붙잡고 있던 것들을 놓아야 한다.

다 흘러가도록 내버려두어야 한다.

1년에 한 번쯤은 그렇게 해야 한다.

바깥을 내다 보니 이제는 잦아들어 다행이다.

커피를 마시며 내리는 비를 바라본다.

그저 아름답고 좋다.

요란하면서도 다시 잔잔한 비의 교향곡,

마음이 참으로 경건해진다.

이번 장마는 소소한 평화를 안겨주며 떠나간다.

part 4

나를 살게 하는 것들

오늘도 나를 살게 하는 것들에게 몰입한다.

나와 반대되는 생각을 가진 사람,

나와 같은 생각을 가진 사람,

나를 사랑하는 사람,

나를 미워하는 사람,

아침마다 떠오르는 태양,

달빛에 숨죽이는 바람 소리,

나에게 희망을 주는 저 하늘의 시리우스까지.

끌어안고, 밀어내고, 사랑하며, 분노하며, 웃고 울지만,

그 모두에게서 나오는 절규와 같은 외침이,

나를 향한 그 아우성들이

나를 살게 한다.

비 온 뒤, 내가 행복한 시간 ~~~~~~~~~~~

비 오는 새벽,

또르르 똑, 똑….

드리퍼에서 커피가 떨어지는 소리가 맑다.

모두가 잠든 이 시간, 나를 위해 커피를 내릴 수 있어 행복하다. 한 잔의 커피를 내리는 순간, 마치 타임 워프(Time Warp)를 한 듯 어릴 적에 대청마루에 앉아 감자를 먹던 내 모습이 떠올랐다. 그때가 많이 그리웠을까. 요즈음은 꿈에서도 10살 무렵의 내가 자주 보이곤 한다.

직장생활을 할 때는 하루에 4잔 이상의 커피를 마셨던 것 같다. 학교에 출근해서 한 잔, 4교시 끝나고 점심시간에 한 잔, 오후 수업의 스트레스를 밀어내기 위해 또 한 잔, 야간 자율학습 시간에 한 잔. 그 뒤에는 이렇게 많이 마시지는 않아도 하루에 한 잔씩은 즐긴다.

얼마 전까지 봉지커피를 마시다가 딸아이의 권유로 핸드드립으로 바꿨다. '사각사각' 커피콩이 갈리는 소리가 신기방기하다. 커피를 볶는 과정에 정성을 들이면 들일수록 속도는 느리지만 기다린 만큼 만족도가 높다. '사각사각' 소리와 함께 그윽한 향이 집 안에 가득 차오를 때면 기분이 참 좋다. 가끔 아이가 사 오는 테이크아웃 커피보다 맛있기도 하고, 기분도 좋다. 직접 내려서 마시니까 바리스타가 된 느낌이랄까, 신선한 경험을 한 것 같달까?

다시, 커피 가루를 드리퍼에 담았다. 물이 끓는다. 긴 포트 주둥이를 타고 뜨거운 물이 흐르자, 커피 가루가 빵처럼 부풀어오른다. 커피 서버를 물끄러미 바라보고 있는 지금, 내가 순수하게 깨어 있는 시간이다.

뭔가를 집중해서 고민해야 할 때, 나는 이렇게 커피를 내린다. 신기하게도 커피를 다 마실 때가 되면 고민했던 것들이 정리가 된다. 고백을 하자면, 나는 고독하다. 천성적으로 남과 잘 어울리지 못하는 성격 탓에 더욱 그렇다. 작가로 살아 참 다행이다. 고독을 글로 토해낼 수 있어 좋다. 하지만 아이를 생각하면, 미안함에 마음이 무겁기도 하다.

커피를 내리면서 이런저런 생각을 정리한다. 하얀 머그잔에 커피를 따른다. 다리를 테이블 위에 올리고, 가장 편안한 자세로 커피를 한 모금, 입술에 머금는다. 첫사랑만큼이나 떨린다. 눈을 감고 음악을 듣는다. 오늘 내 옆에 있는 가수는 유재하. 노래는 '사랑하기 때문에'. 나이가 들수록 자기 노래를 하는 가수가 좋다.

깊은 새벽, 편안히 잠든 아이의 얼굴을 들여다본다.

비 온 뒤,
직접 내린 커피 한 잔과 함께,
좋아하는 가수의 노래를 들으며,
글을 쓰는 지금이
내가 행복한 시간이다.

낮은 곳으로 〰〰〰〰〰〰〰〰〰〰〰〰〰〰

갑자기 하얀 눈이 흩날린다.
소리 소문 없이 성글게 내린다.

검은 봉지를 들고 가는 아주머니의 어깨에도,
백팩을 메고 학원을 나와 집으로 가는 수험생의 가방에도,
서류 가방을 들고 늦은 귀가를 하는 가장의 어깨에도,
전신주 옆에 술 취해 쓰러진 남자의 머리 위에도,
좌판을 펼쳐놓고 액세서리를 파는 모자 쓴 청춘 남녀에게도
똑같은 하얀 눈이 내린다.
하루 종일 휘날리다 아스팔트 위에도 하얗게 쌓인다.
남자인지, 여자인지, 사람인지, 나무인지

분간이 가지 않을 정도로

모든 것을 덮을 정도로 수북이 쌓였다.

사람도, 말 없는 빌딩도,

불빛이 닿지 않는 까만 허공까지 덮는다.

하얗게.

고개를 수그린다. 몸을 낮춘다.

눈을 맞은 모든 것이.

끌림이 있는 시골장터

도착하자마자 콩나물국밥을 먹으러 갔다. 한우 사골과 양지머리, 목살, 사태 등을 넣고 푹 우려낸 국물에 다진 양념과 파듬뿍 숭숭 얹어 내어주는 콩나물국밥의 맛은 일품이다. 뚝배기에서 설설 끓여 나오는 뜨끈뜨끈한 국물을 후후 불며 적당히 익은 깍두기와 먹으면 세상 부러울 것이 없다.

든든하게 배를 채우고 이리저리 배회하다 장터 구경을 하러 진안 장터에 갔다. 입구에 들어서자 가장 먼저 눈에 띈 것은 리어카에 수북이 쌓아놓고 파는 뻥튀기였다. 배는 부른데 갓 나온 뻥튀기의 유혹을 뿌리치기는 힘들어 한 봉지를 사서 입에 물고 다녔다.

참기름과 들기름을 짜는 할아버지부터, 텃밭에서 기른 호박, 고구마, 깻잎, 풋고추 등을 길바닥에 놓고 파는 아주머니 그리고 칼 가는 아저씨도 보였다. 몇 점포 건너 예쁘장하게 생긴 아가씨가 알록달록한 냉장고 바지와 원색의 티셔츠를 흔들며 우렁차게 외친다.

"골라 골라, 단돈 만 원!"

그녀의 유창한 입담에 끌려 여러 사람들이 옷을 샀다.

시골장터는 가격도 착하고 푸짐하다. 덤이 있고 에누리도 통한다. 나는 어릴 적 작은 도시에서 자라 이런 풍경에 익숙하다. 어머니를 따라 장터에 가면 가끔 운 좋게도 어머니가 신발 가게에서 운동화를 사 주셨다. 내가 새하얀 운동화를 고르면 어머니는 금방 더러워진다고 검은색 운동화를 사라고 만류하셨다. 그렇게 버티다가 결국에는 내 고집에 져주시는 어머니였다. 새 운동화를 신어보라는 어머니의 말에 그 자리에서 새 운동화로 갈아 신고, 운동화 밑창이 더러워질까봐 깨끗한 길만 골라 살살 걸었던 기억이 새록새록 떠오른다.

어쨌든 시골장터는 다양한 사람들이 모여 있는 곳이라 삶의 애환이 곳곳에 배어 있다. 사연 없는 사람이 어디 있고, 상처 없는 사람이 어디 있으랴! 굴곡진 얼굴에는 저마다의 사연이 담겨 있다.

40년 동안 장터를 돌며 기름을 짰다는 할아버지의 구성진 노래 '한 오백 년'을 들으니 삶의 애환이 고스란히 전해지는 것 같아 눈물이 핑 돈다. 공부가 하기 싫어 옷 장사를 시작했다는 20대 후반 아가씨의 쩌렁쩌렁한 외침은 그래도 젊어서인지 에너지가 들어 있다. 웃고 춤추며 장사하는 그 모습이 어찌나 보기 좋던지 계획에도 없던 티셔츠를 3장이나 샀다. 나에게 시골장터는 어디를 가든 마음을 유혹하는 끌림이 있는 곳이다.

선생님께 〰〰〰〰〰〰〰〰〰〰〰〰

선생님, 오랜만에 소식 올립니다.

저는 지인의 사과밭에 왔습니다.

산속은 떨어진 연두 사과와 가지, 이파리들로 어지럽습니다.

태풍이 지나간 흔적이거나 얼마 전에 있었던 집중호우 탓이겠지요.

산길에 흩어져 뒹구는 굴참나무 가지들을 풀덤불 쪽으로 끌어놓았습니다.

비록 덜 여문 도토리지만 그것은 다람쥐 밥이니까요.

남은 사과를 거의 다 따고 배가 고팠는데,

지인이 내어준 삶은 감자와 열무김치는 최고의 맛이었습니다.

원두막에 앉아 먹은 덕분에 더 맛있었지요.

내년에는 선생님을 모시고 함께 가고 싶습니다.

조만간 연락드리겠습니다. 감기 조심하세요.

견디기 힘들었던 겨울이 간다 〰〰〰〰〰

새벽 2시, 홀로 깨어 있다.

애정 한다는 이유로 내내 버거운 짐을 짊어지고 살았다. 내
몫이라 여기며 끌어안았는데 엎어지고 말았다. 하나를 주면
더 큰 하나를 내놓아야 했고, 하나를 얻기 위해 너무 큰 것을
빼앗겨야 했다.

하나를 지키기 위해 무엇을 내놓아야 하나.

더 이상 지킬 힘이 없는데……

더 큰 것을 내놓으라 할까봐 두려워지는 새벽,

다시, 간절히 기도한다.

봄이 오기 전에

버거운 것들, 모른 듯이 가져갔으면.

나도 모른 듯이 다 거두어갔으면.

가시는 겨울이시여!

힘주어 바라건대,

버거운 짐, 내 눈물 거두어가시길,

남은 생(生) 눈물로 절룩거리지 않게 보살펴주시길.

단단한 매듭을 묶을 수 있게 한 줌의 바람도 멈추게 하시길.

가시는 겨울이시여!

힘주어 바라건대,

버거운 짐, 내 눈물 거두어가시길,

나를 흔들어놓았던 그 모두를 거두어가시길.

나를 시험하고 흔들어놓기 위해 주었던,

달콤한 욕망, 과분한 희생, 위선의 배려,

그 모두를 거두어가시길.

남 앞에서 강한 모습을 보여도 한없이 약한 나,

꼿꼿한 자존감에 상처를 주지 마시길.

물 흐르듯 순순히 흘러 종착역에 이르게 하시길.

하여, 모두 당신 덕분이라 말할 수 있게 하시길.

4월의 밤, 유난히 박하 냄새가 짙다

4월,
밤하늘을 그어버린 검은 손톱자국.
놀란 기억들이 쿵쿵거리며 달려나온다.

스며들고 차오르던 것들이 낮이고 밤이고 소리 내며 들락거렸다. 전신으로 마찰하던 웅성거림, 결국 아프게 몽우리 졌다. 너무 오래 머물렀던 것들, 천 번을 울어가며 온몸으로 부딪쳤다. 심장까지 타들어 까맣다.

미워해야 하나. 껴안아야 하나. 보이는 것들만 껴안고 보이지 않는 것들은 무시해야 하나. 어떻게 해야 할까. 발부리를 툭툭 차면서 묻고 또 묻는다. 서러워 운다. 강 속에서 평생을 헤엄치다가 흙밭으로 떨어진 물고기처럼 몸부림친다. 끝내 내 안에서 숨질 것들, 살아서도 죽어서도 나를 증명하는 내 생의 한 부분인 것을. 살아서도 죽어서도 내 것이다. 내 팔에 안겨 환한 웃음으로 산화할 때까지 힘껏 사랑할 수밖에. 별 수 없어.

오늘 따라 밤은 망각보다 빨리 왔다. 4월의 밤, 유난히 박하 냄새가 짙다. 고통으로부터 당당히 이별하는 오늘. 낮이고 밤이고 비와 눈을 맞으며, 홀로 걷고 홀로 뛰던 나의 발. 그 등에 눈물 한 방울 떨어진다. 조용히 이별했다. 입가로 말간 웃음이 번진다. 주린 배를 채우기 위해 부지런히 먹이를 받아먹는 아기 새처럼, 도착할 곳을 향해 나는 다시 일어나 길을 떠난다. 아우성치는 행간의 숲으로.

정상에 오르거든

반드시 뒤를 돌아보고

너의 영혼이 따라오는지 확인하라.

영혼이 보이지 않거든

잠시 숨을 고르고 차분히 기다려라.

그래야만 스쳐 지나가는

인생의 행복을 놓치지 않을 수 있다.

- 인디언 격언

침묵으로만 설명할 수 있는 일들 ~~~~~~~~

말을 잃는 순간이 있다. 말을 삼켜야 하는 상황이 있다. 죽
도록 사랑했던 사람과 헤어졌을 때, 두 번 다시 만날 수 없는
관계가 되었을 때, 죽음의 강에서 마지막 인사도 못 한 채 떠나
보냈을 때, 나는 말을 잃는다. 아니, 말을 삼킨다. 속으로 감춘
말줄임표가 가슴속에만 그려져 있다. 사무치도록.

그 옛날 아메리카 인디언들은 말을 타고 한참을 달리다, 잠
시 멈춰 서서 자신이 지나온 길을 바라보곤 했다. 행여 너무 빨
리 달려 자신의 영혼이 쫓아오지 못할까봐. 나 역시 천 걸음 옮
긴 내 발걸음을 내 마음이 잘 따라오고 있는지, 자주 뒤를 돌아
보며 간다.

그러나 아무리 조심해도 일어날 일은 일어난다. 잠시 미뤄
질 뿐. 살다 보면 내 힘으로는 도저히 안 되는 일이 있다. 마음
과 몸이 각각인 날이 있다. 드라마보다 더 드라마틱한 일이 일
어난다. 그럴 때마다 가슴 안에는 무수한 감정의 소용돌이가
휘몰아친다. 언어는 그곳에서 소리를 잃고 침묵한다. 침묵으
로만 설명해야 될 일들이 생긴다. 내일 일도 알 수 없다는 것이
헛헛하다. 쓸쓸하다. 그런 인생을 버텨내는 나도 대단하다.

요란했던 하루

정말 별거 아닌 말에
한 방 맞고 정신이 나간 날.
아무것도 아닌 일에
주눅 들어 온종일 서러운 날.
그런 날이 오늘이다.
누가 '툭' 하고 건들기만 해도
콸콸콸 눈물이 쏟아질 것 같다.

유난히 마음이 소란했던 하루였다. 우울은 날 건들지 말라
며 버럭버럭 화를 내고, 자존감은 저기 저 구석에 숨어 나올 생
각조차 하지 않고, 자신감은 어디로 떠나버렸는지 온데간데없
다. 평소와 다름없는 날임에도 우울함이 극에 치달았다. 이런

날은 시끌벅적 왁자지껄한 곳에 가서 아무렇지 않은 척, 웃고 떠드는 것이 좋은데 그것도 맘처럼 되지 않는다. 다른 이들과 함께 하며 우울을 잠시 회피하는 것. 그렇지만 그것마저 버거운 하루가 있더라.

서러운 나를 그냥 내버려두고 싶다. 이렇게 요란했던 하루를 누구의 방해도 없이 조용히 정리하고 싶다. 친한 사람과 찐한 술 한잔하는 것도 좋고, 애정 하는 노래를 가만히 듣는 것도 좋고, 맛있는 음식을 먹으며 해소하는 것도 좋다.

그것도 처방이 아니라면 책을 읽는 것이다. 머리가 아픈 날에 책을 읽는 게 무슨 위로가 되겠냐고? 때로는 책을 읽는 동안이 가장 진솔한 시간이다. 무엇이든 억누르면 터진다. 그냥 물 흐르듯 껴안고 흘러가면 된다.

누구의 눈치도 보지 말고,
주책맞게 눈물이 나더라도
그냥 펑펑 울어가며 흘러가면 된다.

땅 위엔 크고 작은 길 여럿 있지만

목표하는 곳은 모두 같다.

가까이나 멀리 갈 수 있고

둘이나 셋이 갈 수 있지만,

마지막 한 걸음은

자기 혼자서 가야만 한다.

아무리 싫은 일이라도

혼자서 하는 일보다 더 나은

지혜도, 능력도 없기 때문이다.

- 헤르만 헤세, 혼자 가는 길

삶 그리고 뒤 〰〰〰〰〰〰〰〰〰〰〰

나는 누구인가?

어떻게 살아야 잘 사는 것인가?

내가 걷고 있는 이 길은 진정 나의 길인가?

누구를 만나고, 무엇을 가지고,

무엇을 포기해야 하는가?

이 모든 질문에 홀로 해답을 찾으며 살아가야 하는 나의 운명이 고달프고, 쓸쓸하며, 위태롭다. 죽는다는 건 또 어떤가? 죽음에 임박하면 누구나 평생을 압축한 꿈을 꾼다고 한다. 산화하기 전에 온 힘을 다해 지나온 삶을 기억하려고 하는 것일까? 이제 어디에도 보관될 수 없는 생의 기록을 힘껏 되새기려 하는 것일까?

돌아가신 나의 아버지도 그랬으리라. 그리도 두렵던 죽음은 검은 상처로 남아 있다. 언젠가 그 상처가 열리는 날, 나도 같은 곳에서 만날 것이다. 이렇게 죽음을 생각하면 나는 겸손해진다. 언제 마주할지 모르니까.

삶의 모든 일은 예기치 못한 순간에 온다. 죽음 또한 순서가 없다. 죽음이 다가오는 방식은 너무 다양해서 매일매일 죽음을 준비하지 않으면 삶이라는 과제를 온전히 마칠 수 없을 것이다. 그래서 성 아우구스티누스가 '항상 죽음을 기억하라'고 외쳤던가!

가끔, 대답 없는 실체에게 죽음을 묻고 있으면 한없이 겸손해진다. 그리고 살아야 할 이유를 깨닫는다. 죽음은 삶과 사이 좋게 손잡은 관계가 아닐까. 비 온 뒤의 햇살처럼, 오르막길과 내리막길처럼. 그래서 죽음은 삶의 이유를 모를 때 왜 살아야 하는지를 증명해준다.

교통사고를 당해 산소호흡기를 달고 있어도 마음으로는 살기 위해 발버둥치고, 높은 산에서 사투를 벌이고, 맨몸으로 사막을 가로지르며 생사의 기로에서 기필코 살아 돌아온다. 그

래서 살아 있다는 것은 위대하다. 매 순간 죽음을 마주하면서
도 극복했으니까.

"삶조차 모르는데 죽음을 어찌 알 수 있겠느냐.
다만, 죽음을 기억하고
살아 있는 자들은 아직 살아 있거라!
삶이 제 정체를 드러낼 순간까지 죽음에 대해
말하지 말라!
그냥 가슴속에 간직하며 살 거라!"

공자는 죽음에 대해 이렇게 설파했다. 그럴 것이다. 삶은 죽
는 순간에서야 자신을 드러낼 것이고, 죽음은 그제야 삶의 소
중함을 자신을 통해 제시할 테니까.

기다려보지 않으면 모른다 ~~~~~~~~~~~

산다는 것은 참으로 외로운 일이다.

참으로 누굴 지독하게 사랑하고,

그를 기다려보지 않은 사람은 모른다.

그것이 얼마나 헛헛한지를.

산산이 부서져 흩날릴 것 같은 그리움.

모진 외로움으로 인하여 나는 고독하다.

차가운 침대에 웅크리고 오래도록 잠들고 싶다.

그러나 겨울이 성큼 다가왔고,

그 무게만큼의 중량이 나를 압박한다.

마음은 4월을 걷는데 몸은 12월을 걷고 있다.

그 바람의 끝에 찔려 눈이 멀어버릴지도 모른다.

고독한 자의 쓸쓸한 삶,

나는 왜 이곳에 있을까?

울기 위해서? 웃기 위해서?

현실을 받아들이고 깨닫기 위해서?

인내심을 가지고, 끝까지 기다리기 위해서?

모르겠다. 아무것도.

다만, 소중한 것을 위하여 기다려야 할 뿐.

때로는 기다림이 전부일 때가 있다.

산다는 것은 참으로 외로운 일이다.

심플한 삶 ～～～～～～～～～～～～～～～～～

적게 소유하면서 오는 삶의 풍요로움은 누구나 마음만 먹으면 누릴 수 있다. 물론 절제력, 결단력, 의지력이 필요하다. 심플한 삶은 이렇게 생각하면 된다. 꼭 필요한 것만 가지고 살아가는 것.

예전에는 갖고 싶은 물건이 있으면 모든 방법을 동원하여 구입했다. 오랜 시간이 지나도 아까워서 버리지 않고 보관했다. 그런 물건이 많다 보니 보관할 장소가 부족해서 한구석에 쌓아놓게 됐다. 이사를 자주 다니는 동안에도 버리지 않고 꼭꼭 챙겨갔다. 그러다 또 한 번 지독하게 아프고 나서부터는 생각이 바뀌었다. 있으면 좋지만 없어도 그만인 것은 애써 사지 않는다. 이런 생각이 자리 잡은 뒤로는 쓸데없이 소비하는 습관을 고칠 수 있었다.

나는 외모나 차림에 크게 신경을 쓰지 않는다. 그래도 건강에는 신경을 쓰려고 노력한다. 건강이 가장 중요하니까. 건강도 마음가짐의 문제다. 건강하게 살고 싶다면 내가 가진 능력, 특히 생각이라는 능력을 포기하면 안 된다. 자신의 생각을 다스릴 줄 알아야 건강하고 평화롭게 살 수 있다.

마음이 아프면 몸도 아프다. 아프다고 생각하다 보면 정말 그 아픔이 몸으로 전달되는 경험을 한다. 부정적으로 생각하지 말고 힘들거나 아파도 최대한 긍정적으로 생각하는 것이 몸과 마음의 건강에 좋다.

심플한 삶, 미니멀라이프가 유행이지만 무작정 그것을 따라가는 것보다 중요한 게 있다. 먼저 자기만의 기준을 세우고, 정리하고, 비우는 삶을 사는 것이다. 심플한 삶은 그 방식이 중요하다. 직접 원칙을 지키며 살면 된다. 번잡한 감정이나 타인에게 휘둘리지 않고 자신의 삶을 스스로 꾸려나갈 때 진정으로 심플한 삶을 살 수 있다.

또한 심플한 삶은 버리기에서 시작한다. 쉽게 얻은 것이 하나도 없는 삶이라 버리기는 더욱 힘들다. 나는 기분 전환이 필요할 땐 책장 정리를 하는 습관이 있다. 깔끔하게 정리를 하고 나면 덜어내야 할 짐을 하나 벗어버린 듯, 한결 마음이 개운하다.

옷장 정리도 내게는 수월한 편이다. 그래봐야 몇 벌 안 되는 양이니 정리랄 것도 없고 계절에 따라 그냥 쉽게 꺼내 입을 수 있도록 자리를 바꿔줄 뿐이다. 그렇게 해도 지난 1년 동안 한 번도 입지 않은 옷들이 나온다. 그것들은 과감히 의류 수거함에 넣는다. 필요한 다른 사람에게 가는 것이 묵혀두는 것보다 낫다. 심플한 삶, 대단하지 않다.

쓸쓸한 엔딩

아닐 거라 믿었는데
끝으로 다가선다.

발갛게 쌓인 단풍길을 수백 번이나 같이 걸었는데 이제, 끝인가 보다. 네가 선물한 푸르디푸른 웃음소리, 살결처럼 보드라운 행복감도 끝인가 보다. 흰쌀밥을 먹은 듯 든든했던 너와의 일상이 빠르게 흘러간다. 살갗처럼 친숙했던, 아름다운 것들의 끝은 헛헛하다. 구슬픈 노래의 엔딩처럼 쓸쓸하다.

떠나고 남는 건 추억뿐이라 했던가. 세상은 여전히 환하게 굴러간다. 거리의 행인은 웃으며 걸어가고 자동차는 목적지를 향해 씽씽 달린다. 어둠이 내리면 약속이나 한 듯 가로등이 켜지고 선술집에서는 구성진 노랫소리가 새어 나온다.

모두 다 그대로인데 이별한 나만 쓸쓸하다. 눈을 감은 채로 있다가 눈을 떠보니 비처럼 쏟아지는 햇살에 아프도록 눈이 시리다. 하늘에는 구름이 솜사탕처럼 부풀어 둥실둥실 떠다닌다. 어쨌든 애정이라는 연극은 끝이 났고 너는 너대로, 나는 나대로 등을 보이며 가고 있다. 쓸쓸한 뒷모습을 남긴 채 각자의 집으로 가고 있다. 바람에 나풀거리는 쓸쓸한 엔딩이다.

사랑하면서 깨달은 것이 있다면 사랑에도 정답이 없다는 것. 선택만 있을 뿐. 선택에 대한 책임도 나에게 있다는 것. 많은 것을 잃을 수도 있지만 그마저도 내 몫이라는 것. 그리움이든 애증이든 껴안고 살아야 한다는 것. 견디다 보면 한 뼘, 한 뼘 더 성숙해진 모습을 보고 대견해진다는 것. 그 순간들이 때로는 삶의 버팀목이 된다.

그럼에도 네가 이제,
나에게는 추억이 된다고 생각하니
오래도록 쓸쓸할 것 같다.

같은 하늘 아래 있어도 서로 다른 곳에서 살아갈 테지만 아주 가끔 미치도록 그리울 때는 아무도 몰래 돌려보기라도 할 것이다. 비록 멀리 있어도 그리울 것이다. 첫눈 오는 날이나 억수같이 비가 내리는 날에는 의도하지 않아도 생각날 것이다. 애타게 그리워할 것이다.

아주 가끔, 정동길을 홀로 걷다 보면 헛헛해진 마음에 불쑥 너의 이름을 부를 것이다. 괜히 커피하우스에 들어가 캐러멜 마키아토를 시켜놓고 우두커니 창밖을 바라볼 것이다. 지나간 영화를 돌려보듯 가끔씩 너와의 시간을 돌려볼 것이다.

마음속에서는 너를 보내지 못하고 여전히 붙잡고 있다. 이 기적일지 모르지만 내밀한 네 몸 안 기생하는 무엇이라도 되어 모른 듯이 살아가고 싶다. 이렇게 억울한 마음이 치밀 때면 내가 너무 많이 사랑했나 싶다. 너무 억울해서 억울한 이유가 먼지처럼 흩날린다.

너의 빈자리가 이렇게 큰 줄은 몰랐다. 비라도 내려 너에게로 쏠려갔으면 좋겠다. 이별하고 나니 더 크게 다가오는 너를 어찌할까. 의도하지 않은 이별에 나는 아프고 울컥하다. 까만 하늘에 유난히 빛나는 시리우스, 내 맘을 안 걸까. 내가 잠들 때까지 방 안을 환하게 밝힌다.

그대, 어디 있나요.
내 맘, 알고 있나요.
이제, 들어주세요.
그대에게 하지 못한 마지막 말.
그대와 함께 내달렸던 백사장,
내 마음 하나 띄우려 이렇게 왔습니다.
온 바다를 뒤덮은 해당화보다
더 붉고 선명했던 내 마음을 이제야 띄웁니다.
그대도 내가 그리운지.

행복하길 바랍니다 〰〰〰〰〰〰〰〰〰〰

당신 잘 지내나요? 나는 이제 많이 괜찮아졌습니다. 모든 소리가 끊기고 하루치의 걱정도 사라졌습니다. 이제 온전히, 편안하게 잠이 듭니다. 어쩌면 당신은 더 이상 내 생각 같은 건 하지 않을지도 모르지만, 나는 아직도 당신 꿈을 꿉니다. 꿈결에 몸을 실어 돌아가고 싶습니다. 우리가 눈을 맞추던 그때로⋯⋯.

"너에게 가지 않으려고 미친 듯이 걸었던 그 무수한 길도 실은 네게로 향한 것이었다."

나희덕 시인의 시구가 가슴에 파고듭니다. 멀리 있어도 하늘은 은밀히 붉어집니다. 당신에게 너무 가까이도, 멀리도 있지 않으려고 했는데 결국에는 멀리 오고야 말았습니다. 그러나 나는 당신이 곁에 있어도 불안했습니다. 서로의 앞날이 어두워질까봐서….

어젯밤에는 스웨터만 걸치고 미친 사람처럼 뛰어나가 한동안 공원 벤치에 앉아 있었습니다. 그러나, 다시 돌아왔습니다. 이젠 견딜 수 있는 나이인가 봅니다. 버텨내는 나이가 되어 위안이 됩니다. 그리움을 돌돌 말아 안으로 집어넣었더니, 몸에서 헛땀이 흐릅니다.

이불을 뒤집어쓰고 외로움을 앓다 보니 오래전에 살던 추운 집도 이불 속에 들어와 앓고 있습니다. 배가 고파 잠이 오질 않습니다. 양은냄비에 라면을 끓였습니다. 화장을 지우고 라면을 먹는데, 퉁퉁 불어 있는 면발, 파와 청양고추가 둥둥 떠다닙니다. 다 불어터진 라면을 꾸역꾸역 삼켰습니다.

문득 사랑은 또 하나의 이별을 위해 걸어가는 길이란 생각이 듭니다. 당신을 탓하고 싶지는 않습니다. 온전히 내 안에서 비롯된 것이며, 홀로 감당해야 할 고통입니다. 물론 흉터는 남을 것이고 그것을 간직한 채 살겠지만 괜찮습니다. 흉터도 당신이 내게 남긴 흔적이니 소중합니다. 내게 없는 것을 당신에게 받아, 다행입니다. 그거면 충분합니다. 이번 생에 당신을 만난 것은 축복입니다. 그래서 고맙습니다.

일기예보에서 비 소식을 듣습니다. 이곳엔 비가 내려도 그곳은 맑습니다. 우리는 참 멀리 떨어져 있습니다. 미처 보내지 못한 당신의 눈빛을 떠올리면서 다시, 살아갈 이유를 찾았습니다. 그래도 두고 온 내 마음을 억지로 밀어내지는 마시길 바랍니다. 담장을 넘지 못하고 잔류한 내 그리움도 내버려두겠습니다. 걸어서 가든지 날아서 가든지 때가 되면 제 집을 찾아갈 테니까요.

얼음물을 들이켜니 정신이 듭니다. 이제 나도 잘 지낼 것입니다. 그러니, 당신도 잘 지내시길 바랍니다. 당신도 나도, 행복하길 바랍니다. 더 이상 우리 사이의 행복은 존재하지 않는다 해도 각자의 곳에서 각자의 행복을 품고 잘 살기를 바랍니다.

탈고를 끝내고 출판사에 메일을 보냈다.

초고를 시작했던 2년 전의 시간이 벌써 먼 기억이 되었다.

흰 뼈 같은 추억이 되었다.

오랜만에 쌓인 메일을 정리했다.

8할이 광고메일 그리고 세금고지서다.

독촉의 아우성을 한꺼번에 보는 것 같아 우울하다.

이른 새벽 기차를 탄다.

흐르는 건 기차가 아니라 밤 풍경이다.

세상이 재빨리 다가와 눈앞에 쓰러져 눕는다.

이렇게 모든 것은 흐르는데…

나는 또 어디로 흘러갈까.

아는지 모르는지,

한가롭고 푼푼하게 하얗게 나부끼는 이팝나무,

달달한 향기 품어 내게 왔다.

폴폴폴 날아서.

조금 더 느리게 가는 길

초판 1쇄 인쇄 2021년 5월 12일
초판 1쇄 발행 2021년 5월 24일

지은이   김정한
펴낸이   김의수
펴낸곳   레몬북스(제396-2011-000158호)
주 소   경기도 고양시 일산서구 중앙로 1455 대우 시티프라자 802호
전 화   070-8886-8767
팩 스   (031) 955-1580
이메일   kus7777@hanmail.net

ISBN   979-11-91107-12-8   03810

※ 잘못 만들어진 책은 구입처에서 교환 가능합니다.